COLLECTION FOLIO

Philippe Djian

Lorsque Lou

Gallimard

Ce texte a paru durant l'été 1992 dans Le Nouvel Observateur
sous le titre Sarah et les ours.
Il est disponible en Futuropolis Gallimard
avec des illustrations de Miles Hyman.

Philippe Djian est né en 1949 à Paris. Il a exercé de nombreux métiers : pigiste, il a vendu ses photos de Colombie à *L'Humanité Dimanche* et ses interviews de Montherlant et Lucette Destouches, la veuve de Céline, au *Magazine littéraire* ; il a aussi travaillé dans un péage, été magasinier, vendeur…

Son premier livre, *50 contre 1*, paraît en 1981. *Bleu comme l'enfer* a été adapté au cinéma par Yves Boisset et *37°2 le matin* par Jean-Jacques Beineix. Depuis, il a publié *Lent dehors* (Folio n° 2437), *Sotos* (Folio n° 2708), une trilogie composée d'*Assassins* (Folio n° 2845), *Criminels* (Folio n° 3135) et *Sainte-Bob* (Folio n° 3324) parue en 1998, *Ça, c'est un baiser* (Folio n° 4027), *Frictions* (Folio n° 4178), *Impuretés* (Folio n° 4400), *Mise en bouche* (Folio n° 4758), *Impardonnables* (Folio n° 5075), *Incidences* (Folio n° 5303), *Vengeances* et *Doggy Bag*, une série de six saisons.

Lorsque Lou me soulevait du sol, traversait le bar et me jetait au milieu de la rue, je ne savais jamais si c'étaient mes os que j'entendais craquer ou la pellicule de glace qui se brisait sous mon poids. S'il avait neigé, il se produisait une sorte de grincement étouffé et lugubre. D'autres fois, quand les pelles venaient de dégager la chaussée, je faisais comme un œuf tombant du ciel, je restais étendu, sans bouger, coulant de ma coquille, je regardais les engins s'éloigner et tourner dans Huron Avenue jusqu'à ce que le silence revienne, et je regrettais de ne pas avoir atterri là quelques minutes plus tôt, juste avant leur passage, et de m'être séparé de mon anorak.

Des frères Conroy, Lou était le seul à lever la main sur moi. Je ne savais pas ce qui retenait les autres mais c'était ainsi. Ils ne me prêtaient pas beaucoup d'attention. Si j'échangeais quelques paroles acides avec l'un d'eux, il finissait par secouer la tête en prenant un air consterné et c'était Lou qui se chargeait du sale boulot. Les autres, c'est-à-dire Tom, Richard et George, ne m'aimaient pas beaucoup. Ils se contentaient de garder un œil sur moi, laissant à Lou, le plus jeune et le plus fort des quatre, le soin de me corriger comme je le méritais. Quant à Sarah, elle me détestait. Dès que je quittais sa chambre, je n'étais plus rien.

Il y avait presque un an que j'étais ici, à Riverdale, dans le Manitoba. Mon ancienne vie me semblait si lointaine, si terrible et si improbable que je n'éprouvais aucun regret malgré les raclées et autres brimades dont j'étais l'objet de temps à autre. Jamais les poings de Lou ne m'avaient arraché de larmes. Jamais mon sang n'avait coulé de mes narines en un rouge aussi vif, léger, presque joyeux. Je le mouchais d'un geste indifférent. Si je parvenais à me relever dans les minutes qui suivaient, je retournais à l'intérieur et l'affaire était classée. Sinon, Lou venait m'aider. Et si besoin était, il s'occupait de mes pansements, me trouvait une place sur un tabouret et me servait un verre. Et enfin, il me lançait un coup d'œil navré, comme si c'était moi qui avais fait l'imbécile.

Sarah n'avait jamais dit un seul mot pour me défendre. Lorsque j'étais en fâcheuse posture mais que je parvenais tout de même à surprendre son regard, je n'y décelais pas la moindre compassion, pas le moindre souci pour ce qui m'arrivait. La nuit, elle pouvait écraser sa poitrine sur l'une de mes côtes enfoncées et m'entendre hurler de douleur sans me prodiguer la plus petite marque de réconfort. Elle pensait que mes grimaces n'étaient rien, eu égard aux tourments qu'elle avait endurés par ma faute. Je voyais dans ses yeux les flammes de la cheminée qui ronflait sur un mur de la chambre. Elle me chevauchait, la plupart du temps, m'enserrait entre ses jambes avec une fureur à peine contenue. Elle n'était plus la tendre jeune femme que j'avais rencontrée à Paris un an plus tôt. Et je n'étais plus sur mon terrain, tel un seigneur sur ses terres, mais au-delà du bout du monde, sur la rive ouest de la baie d'Hudson, à un jet de pierre du Cercle Polaire Arctique.

Aucune route n'arrivait jusqu'ici. Tom Conroy était le chef de la police. Richard tenait plus ou moins l'aérodrome et George s'occupait des Postes. Les premiers temps, lorsque je songeais à m'enfuir, je me heurtais violemment à pareil dispositif. Mais je ne m'en inquiétais plus guère à présent.

De bon matin, moi qui autrefois n'ouvrais jamais un œil avant midi, j'abandonnais Sarah et me faufilais hors de sa maison en empruntant une trappe qui donnait sous la cuisine, dans les gaines électriques et les canalisations d'eau. Je me sauvais avant le lever du jour, filais dans l'air glacé jusqu'au magasin où l'on m'avait aménagé une chambre à l'étage. Lou venait m'y rejoindre pendant que je préparais le petit déjeuner, puis nous nous rendions à la gare, chargions des marchandises qui étaient arrivées dans la nuit ou qui avaient transité par le port. Cela se passait sous l'œil de Lester, un cousin au deuxième degré, qui restait toujours dans nos jambes. Un garçon qui riait sans arrêt, mais de manière plutôt étrange, et à qui il manquait un bras.

Il ne m'aimait pas, lui non plus. Il m'accueillait d'une tape sur l'épaule et feignait de plaisanter avec moi, mais j'avais beau être un étranger, ignorant des coutumes du pays, je savais reconnaître une caresse de chien, j'en avais une bonne expérience. S'il n'avait tenu qu'à lui, j'aurais pris le train le soir même de mon arrivée à Riverdale, et mon billet aurait sans doute été gratuit. Mais il avait bien trop peur de Lou et des trois autres pour me laisser décamper. Je lui devais d'ailleurs ma première correction. Lou avait arraché la porte des w.-c., m'avait expulsé du compartiment et jeté sur le quai, contre des sacs de poissons séchés que le gel avait rendus aussi durs que du bois. Lester avait assisté à mon châtiment avec un intérêt non dissimulé, en compagnie des gars du coin. « Eh, Lou… ! Tu vois… je t'ai appelé tout de suite, nom de Dieu... ! » Lou me traînait vers la sortie et en silence.

Je balayais le magasin avant l'ouverture, dégageais l'entrée s'il avait neigé durant la nuit, fauchais les glaçons qui pendaient à la devanture et au-dessus de la porte. Après quoi, je me tenais un moment sur le seuil et fumais une cigarette tandis que le soleil jaillissait de l'horizon et déferlait alentour, rebondissait vers le ciel. Parfois, c'était Lou qui faisait le ménage, si j'étais occupé à regarnir les rayons ou si je servais notre premier client. Sarah n'arrivait que plus tard dans la matinée. Quand il y avait du monde au bar, j'allais donner un coup de main à Lou, sinon je restais avec elle, mais nous n'échangions pratiquement pas un mot. Elle était d'accord avec ses quatre frères : ils attendraient le temps qu'il faudrait. Le climat se prêtait à l'attente et à la bonne conservation des choses.

Je ne nourrissais pas trop d'illusions, pour ma part. Ce qui ne m'empêchait pas de jouer franc-jeu avec eux, d'envoyer des lettres et de donner les coups de fil nécessaires. Mais il ne se passait rien, comme c'était à prévoir. Lou tenait l'écouteur et j'appelais Henri, mon agent. Je l'entendais bondir de son fauteuil, tout là-bas, je voyais ses yeux qui lui sortaient de la tête. « Mais qu'est-ce que tu fous, à la fin ? !... Qu'est-ce que tu *fabriques* chez ces cinglés ? !... » Lou passait lentement sa langue sur ses lèvres. Quant à Henri, il n'avait jamais rien de nouveau à nous apprendre. Au bout d'un moment, Lou me faisait signe de raccrocher. Nous finissions la soirée à une table, dans le fond de la salle. Je regardais Lou préparer des mouches pour la pêche, ou confectionner des balles ou aiguiser ses couteaux de chasse. Je ne lui demandais rien mais il se lançait parfois dans de sombres explications concernant sa besogne, me montrait comment l'on réalisait une monture Drachkovitch pour la pêche au mort manié ou me parlait de munitions, de la différence entre une balle de type Stinger et une Yellow Jacket ou une Viper. Lorsque j'en avais assez, j'allais jouer aux cartes avec Richard et George ou passais derrière le comptoir pour me frotter aux fesses de Sarah avec l'air de ne pas y toucher. Je connaissais tout le monde, à présent, je savais les habitudes de chacun, ce qu'ils aimaient et combien de verres ils pouvaient tenir avant de rouler sous la table et à quelle porte il fallait frapper et comment nous serions reçus avec cette carcasse ivre morte dans les bras. Chaque fois que des bribes de mon ancienne vie me revenaient, je les chassais de mon esprit.

Fin septembre, on commença à se préparer pour l'hiver. Même en plein soleil, vous sentiez qu'il se passait quelque chose, qu'un voile invisible descendait du ciel, que des craquements inaudibles s'échappaient de l'horizon. C'était une sensation étrange, presque douloureuse, et dont j'étais le seul à m'étonner. Avec la venue des glaces, le port allait fermer pour huit mois. On profitait des derniers beaux jours pour mettre les machines à l'abri dans les hangars, condamner les ouvertures, ramener les bouées et les embarcations à terre. L'eau était si froide qu'elle brûlait comme de l'acide. Les premiers paquets d'écume volaient au vent et s'abattaient sur les quais déserts. Pisser dehors devenait un sérieux problème.

Un matin, Tom Conroy se gara devant le magasin, juste au moment de l'ouverture. C'était tout à fait inhabituel de sa part. En temps normal, il passait d'abord par son bureau, prenait la relève de son adjoint puis se mettait à lire son journal. À 9 h 55, je mettais le bacon à frire, cassais six œufs que j'arrosais de Tabasco tandis qu'il attaquait la page des sports. À 9 h 58, je parsemais du fromage râpé sur l'omelette, tirais du feu pommes de terre et saucisses qui avaient rissolé. Sur le comptoir, je disposais le café et une corbeille entière de petits pains juste tiédis. J'entendais la porte grincer dans mon dos à l'instant où je glissais les œufs dans une assiette. J'opérais alors un rapide demi-tour et la lui servais avant qu'il n'ait fini d'enjamber son siège. Francis, mon frère aîné — Dieu ait son âme ! —, me disait toujours : « Quand ça ne te coûte rien de te mettre un flic dans la poche, pourquoi regarder de l'autre côté ?... »

Je crus qu'il avait pété sa montre, ou qu'il venait m'arrêter, ou que sa femme l'envoyait chercher du sirop d'érable ou le tissu qu'elle avait commandé à Chicago, chez Marshall Field, mais il désirait simplement me parler.

« On ne te demande pas de t'y connaître... me dit-il. N'importe qui peut faire ça.

— Eh bien, je suis vraiment très touché que vous ayez pensé à moi.

— Parfait. Alors à partir de maintenant, tu ouvres l'œil. Ils ne vont pas tarder à remonter vers le nord. »

Ma première mission, en tant que membre de la Patrouille des Ours, consista à placer des pancartes tout autour de la ville. On y voyait l'empreinte d'une patte de l'animal en question, en noir sur fond jaune, et il y était fortement conseillé de ne pas vous aventurer plus loin. Ensuite, on m'envoya mettre le feu à la décharge, puis distribuer notre numéro de téléphone direct à toutes les maisons un peu éloignées ainsi qu'un fascicule où l'on vous proposait de faire le mort, en dernière extrémité. À mon retour, l'équipe au grand complet m'attendait au bar depuis déjà un bon moment. On s'accorda à penser que je ne m'en étais pas trop mal tiré pour un début.

Le dimanche, les familles se promenaient avec le fusil à l'épaule, profitant des dernières trouées de ciel bleu. Nous n'avions pas encore vu d'ours, mais le mauvais temps s'installait et les quelques flocons qui étaient tombés tenaient bon, roulaient comme de la poussière sur le sol, passaient et repassaient sur la chaussée au moindre courant d'air.

À présent que je portais un insigne, les gens me saluaient dans la rue. Certains me demandaient comment j'allais, d'autres me présentaient leurs enfants, m'enjoignant de garder un doigt sur la détente et de bien veiller sur eux à la sortie de l'école. Jusqu'à ce jour, les Conroy auraient pu me réduire en chair à pâtée sans émouvoir un seul de leurs concitoyens. Et ils le pouvaient toujours, mais peut-être avec un peu plus d'égards. « Quand tu auras épousé ma sœur, me répétait Lou, on se bousculera devant ta porte pour avoir les honneurs de ta maison. » Ce n'était pas précisément ce que je souhaitais. C'était le genre de choses que j'avais fuies tout au long de ma vie.

Sexuellement, j'avais retrouvé un bon rythme depuis que je vivais ici. Je n'avais plus besoin de choses extravagantes et mes ennuis n'étaient plus qu'un lointain souvenir. Sarah en tirait quelque fierté. Elle me laissait entendre que je devais ma rédemption à ses seuls et puissants pouvoirs et je ne discutais pas. Mais je savais qu'il s'agissait d'autre chose. Il n'y avait pas si longtemps, j'accueillais encore de vraies putains dans mon lit, des femmes du monde qui se pliaient à mes quatre volontés, de vrais petits anges, de vraies mères de famille que mon succès rendait ivres et féroces et qui se traînaient à mes pieds en tirant sur mon pantalon. À côté, Sarah était une écolière. J'en connaissais qui avaient passé la nuit entière avant d'obtenir ce qu'elles voulaient, se livrant à des pratiques dont certaines me sidéraient, que beaucoup auraient du mal à croire. Et parfois, même, ça ne marchait pas du tout. Enfin bref, toujours est-il que par tous les temps et aux alentours de minuit — histoire de sauver les apparences — je sortais par la fenêtre, me faufilais sous sa maison d'un cœur léger, me hissais sur le plancher de la cuisine et m'en allais soulever son édredon.

« Bientôt, tu devras patrouiller toutes les nuits !... me dit-elle.

— Ne t'inquiète pas. Je m'arrangerai.

— Bien sûr que non ! Qu'est-ce que tu crois ? !... »

Elle n'était pas contente. Elle s'était levée, enroulée dans un drap, et tournait en rond dans la chambre en fumant une cigarette. Elle emplissait la pièce de violentes vibrations, de sifflements et d'une odeur presque animale. Elle avait de longs muscles fins, d'une puissance peu banale pour son gabarit. Au printemps, je l'avais vue retrousser ses manches et abattre un formidable sapin en quelques coups de hache, à l'occasion d'une fête idiote, et, j'imagine, à ma seule intention, juste pour me montrer de quoi il retournait.

« Nom d'un chien ! Tom s'est vraiment foutu de toi… ! Lester lui demanderait de sortir en robe et il le ferait, cet imbécile ! »

Les rapports entre Lester et Tom étaient assez compliqués. Quoi qu'il en soit, ils s'entendaient assez bien tous les deux pour nous empoisonner la vie. Heureusement que les autres étaient là et les empêchaient d'en faire davantage. Lester avait touché beaucoup d'argent lorsqu'il avait perdu son bras et il y avait pas mal de types en ville qui ne savaient rien lui refuser. Il pouvait continuer à me passer sa main dans le dos quand il me voyait, il n'était jamais dans les environs au moment où les choses m'arrivaient. C'était un crétin, une petite frappe que l'infirmité avait rendu suffisamment mauvais et qui disposait de moyens financiers. Sarah et lui avaient couché ensemble à l'époque où ils allaient au collège. Il ne semblait pas s'en être remis.

« Bon sang ! reprit-elle. Et je parie que tu ne sais même pas tenir un fusil… »

Il y avait presque un an que nous vivions dans cette situation et sa patience battait de l'aile à présent. Tant qu'elle avait porté le deuil de son mari, elle mâchait du chewing-gum quelquefois. Maintenant, il lui fallait son paquet de cigarettes.

Elle poussa un long soupir à la fenêtre. De l'autre côté, le blizzard lui décocha son premier baiser.

Elle m'envoya disposer les bouteilles vides au bord du lac, à plus d'une centaine de mètres. C'était un dimanche matin au ciel limpide. Froid et lumineux, avec des allures de gigantesque incendie — l'automne qui s'abattait sur une forêt d'érables — et des odeurs de baies et de colle à bois. Nous avions quitté la ville à l'aube, comme de vieux voleurs sur la touche, rasant encore les murs par habitude. Les gens se doutaient bien de nos relations, mais jamais nous ne nous affichions en public et c'était une ombre qui se glissait chez elle à la nuit tombée, une ombre fugitive et sans visage. Aussi les Conroy fermaient-ils les yeux sur cet aspect de la question. Ils étaient d'avis — et je reprends là les termes d'une de leurs conversations — qu'une femme qu'on prive trop longtemps de certain exercice est comme un camion garé en pente. Et ils ne cherchaient pas l'accident. Tant que nous prenions les précautions nécessaires, que nous n'adoptions au grand jour qu'une attitude polie l'un envers l'autre, le tonneau pouvait fuir, comme ils disaient, car fol est celui qui prétend garder toute sa mélasse.

C'était une jolie fille. Pas de celles dont j'avais l'habitude et qui emplissent les magazines jusqu'au ras de la gueule. Il y avait quelque chose de terrible et d'inconnu en elle, quelque chose que je ne pouvais analyser mais qui m'inondait parfois, me subjuguait littéralement au point qu'il me fallait une bonne minute pour briser le charme et parvenir à prononcer un mot. Cela dit, elle m'en voulait à mort. Pas question de l'enlacer tendrement ou d'entamer un baratin quelconque. Elle avait décidé que nous verrions cela plus tard, quand nous aurions l'esprit tranquille et si nous en avions toujours le goût.

Je ne croyais pas que nous connaîtrions de tels moments. Je la regardais charger son arme en pensant à l'opacité de nos problèmes, à la distance qui séparait un homme de ses rêves.

Elle me colla rudement le fusil dans les bras, accompagnant son geste d'une sombre grimace. Elle trouvait sans doute que nous avions assez d'ennuis comme ça.

« Applique-toi. Je te conseille de ne pas me faire tourner en bourrique... » soupira-t-elle.

C'était un Mauser, le modèle 99, avec une belle crosse de noyer sans vernis, simplement huilée à la main. Je l'inspectai un instant, puis épaulai et envoyai valser toutes les bouteilles les unes après les autres, avant même qu'elle n'ait repris sa respiration.

Pour finir, elle siffla entre ses dents, les poings plantés dans les hanches.

« Voyez-vous ça !... N'empêche que tu aurais pu me prévenir ! !...

— Tu ne m'avais rien demandé.

— Je suppose que tu es fier de ton petit numéro... Tu espères m'en avoir mis plein la vue, n'est-ce pas ?... »

Je ne répondis rien car elle n'avait pas tout à fait tort. Je n'avais pas su résister à cet enfantillage malgré mes quarante-cinq ans bien sonnés. Mais c'était surtout que je n'avais pas voulu me priver de cette virée en tête à tête. Je n'aimais rien tant que la lumière du jour sur son visage tandis que nous le faisions et je pouvais compter les fois où c'était arrivé sur les doigts d'une seule main. J'avais pensé que ma première leçon sur le maniement des armes nous laisserait un peu de temps libre. J'avais même glissé un lot de couvertures dans le coffre, et une bouteille de bordeaux que j'avais raflée au magasin. Je me demandais si je n'avais pas oublié les verres. Ou si toute entreprise humaine était vouée à l'échec, dès lors que l'on s'en régalait à l'avance.

Nous nous assîmes sur le capot de la voiture encore chaud pour boire notre café. Elle réfléchissait à je ne sais quoi, clignant des yeux en direction du lac. Elle devait s'imaginer que Lester me préparait un mauvais coup. Que le sursis que ses frères m'avaient accordé touchait à sa fin. Que sa mère se retournait dans sa tombe. Ces histoires ne m'empêchaient pas de dormir, personnellement. Je trouvais même qu'elles donnaient à mon sommeil une épaisseur que j'avais oubliée depuis longtemps. Je tâchais de la réconforter si elle perdait espoir. Par contre, si dans un accès d'optimisme elle voyait nos affaires s'arranger et m'entretenait du chemin lumineux qui s'ouvrait devant nous, c'était moi qui en attrapais des sueurs froides. Tout ce que j'avais laissé et abandonné derrière moi resurgissait d'un coup. Je préférais me frotter aux ours, aux frères Conroy, à toute une armée de types dans le genre de Lester. Je préférais n'importe quoi plutôt que le néant d'où elle m'avait tiré.

Un matin, on fit venir une ambulance pour une femme et ses cinq enfants. J'étais là pour tâcher de relever des indices, mais je ne trouvai rien après avoir inspecté les alentours de la maison. La porte blindée qui donnait sur la réserve ne portait pas la moindre trace. Quand je retournai dans la rue, la femme continuait de s'agiter sur la civière, répétait qu'il avait passé la nuit devant le placard à balais où elle s'était réfugiée avec ses enfants, qu'elle l'avait entendu grogner et siffler au milieu de ses prières. Elle cramponnait Tom Conroy par la manche, lui demandait qui allait reconstruire sa maison.

Ils avaient failli tourner de l'œil, en raison du manque d'oxygène. Malgré tout, personne ne rigolait.

« Ils sont encore du côté de York, me dit Tom. Mais n'oublie pas d'aller mettre le feu à la décharge. Ça doit être ton premier truc en te levant : aller me foutre le feu à tout ça. C'est pas compliqué. On les aura sur le cul pendant deux mois, alors je te répéterai pas ça tous les jours. Fais un nœud à ton mouchoir. »

Le chef de la Patrouille des Ours se nommait John Frobisher et il pesait soixante kilos. Comme il avait épousé une Québécoise et qu'en dehors de mes heures de travail — et pour une bouchée de pain — je lui avais débité et empilé vingt cordes de bois pour l'hiver, il me témoignait un peu d'estime. Sa femme s'asseyait dehors tandis que je travaillais et nous parlions français. Elle avait persuadé John Frobisher, son gringalet de mari — elle ne faisait pas mystère de ses piètres exploits dans d'autres domaines —, que mes différends avec les Conroy n'étaient pas leurs oignons et que je valais mieux que beaucoup de gars qu'il connaissait et qui l'auraient laissé crever de froid sans broncher.

J'avais dit à Sarah que je comptais m'arranger pour les patrouilles de nuit. J'étais donc allé en discuter avec la femme de Frobisher et le lendemain matin, celui-ci était venu m'annoncer qu'il s'était repenché sur le problème et que ce n'était plus quatre, mais une nuit par semaine où je devais m'y coller. Il y eut quelques mouvements d'humeur au sein de la Patrouille, mais Frobisher ne se laissa pas intimider. Il n'avait d'ailleurs de comptes à rendre qu'au Département des Ressources Naturelles du Manitoba et j'avais offert à son épouse les œuvres complètes de Gabrielle Roy en édition cartonnée.

Lorsque j'étais au bar et que la nuit s'avançait, j'entendais ce que l'on racontait sur lui. On ne se souciait pas de baisser la voix quand j'arrivais à une table pour servir les consommations. Je pouvais rester debout dans leur dos, feignant de m'intéresser à la partie ou prêt à recevoir les commandes, sans qu'on me décochât un œil soupçonneux. Derrière le bar, j'étais aux premières loges. On se fichait pas mal de ce qui me tombait dans l'oreille, d'autant que ma présence leur était difficilement décelable, je n'avais rien à voir avec eux. Les oreilles de Frobisher devaient siffler par moments. Les différentes parties de ses attributs sexuels faisaient l'objet de commentaires désobligeants ici et là, de même qu'on prêtait à de basses manœuvres la manière dont il avait obtenu le commandement de la Patrouille — il connaissait des gens à Winnipeg, avait reçu l'appui d'un représentant au Sénat. Mais cela dit, il n'était pas le seul sur la sellette. Les soirées étaient longues, pailletées des ragots que l'on colportait sur chacun d'entre eux aussitôt qu'il avait tourné les talons. Ce qui était monnaie courante dans le milieu que je fréquentais autrefois me restait ici en travers de la gorge. Je ne savais pas ce que je m'étais imaginé. Mais quoi qu'il en soit, c'était une erreur de ma part. Pour ce qui était des rapports entre les gens, ce n'était pas pire à Paris que dans n'importe quel petit bled pointé sur la carte du monde — j'énonce bien entendu, pour les quelques naïfs de mon espèce, ce que savait déjà le premier imbécile venu.

Sarah avait haussé les épaules lorsque je l'avais informée de ma découverte. Mais elle accueillit avec plus d'enthousiasme mon nouvel emploi du temps.

« Ce que je vois, me dit-elle, c'est qu'ils viendront te chercher n'importe quand, dès qu'ils auront un coup dur… Et tu veux savoir, ils rappliqueront directement ici, ils vont s'en faire un malin plaisir !…

— Non, j'ai un bip… » lui répondis-je, indiquant la chose agrafée à ma ceinture.

Elle ouvrit la bouche, puis renonça. Mais que

voulait-elle au juste ? Elle savait aussi bien que moi qu'on ne m'avait pas laissé le choix. Que cette petite vacherie participait d'un plan beaucoup plus vaste, visant à me compliquer la vie, voire à la rendre impossible… Au demeurant, ce but était loin d'être atteint. Je venais d'un monde où l'on ne connaissait ni pitié, ni honneur, ni fraternité, ni aucun de ces sentiments élémentaires. Les coups portés dans l'ombre, les mensonges, les trahisons étaient les armes habituelles. Les combats ne s'embarrassaient d'aucune règle, se pratiquaient à un contre un ou à un contre tous, sans distinction de sexe ni d'âge. On vous y assaillait jusque chez vous, dans votre bain, dans votre lit, au plus profond de votre sommeil. Celui qui n'était pas sur ses gardes et croyait prendre un verre avec des amis pouvait bien voir sa tête rouler sur le sol dans la seconde qui suivait. J'en avais fait l'expérience. À présent, j'entendais siffler la lame que l'on tirait de son fourreau, je sentais le poing se serrer dans la poche avant qu'il ne s'abattît sur moi. Je ne me laissais plus surprendre, je savais de quoi nous étions capables. J'en avais assez vu pour ne plus m'étouffer. Formé à la plus rude école — celle des grandes métropoles, où l'on veillera à se tailler quelque succès pour voir du monde —, je pouvais parcourir les continents sans risque de rencontrer pire. Lester, ses copains et tutti quanti étaient de pâles conspirateurs, des brutes au petit pied comparés aux orfèvres, aux habiles assassins que j'avais fréquentés par pure imbécillité, par vanité et en désespoir de cause. Ici, dans cette petite ville, je me sentais comme Robert James Fischer installé devant une partie de dames.

Il y avait une réunion dans le réfectoire de l'école, en début d'après-midi. Chaque année, Frobisher y tenait le même discours et repassait le même film, sauf que cette fois, c'était moi qu'il avait choisi pour l'assister : éteindre et rallumer la lumière, déballer et remballer l'appareil de projection, poser certaines questions qu'il avait préparées à l'avance et sur lesquelles il se jetait comme la faim sur le monde. Il estimait que cette séance pouvait m'apporter quelque chose et que d'autres auraient été bien inspirés d'y participer. « Tu apprécieras... me confia-t-il. Tu verras cette bande de crétins à l'ouvrage... En moins d'une heure, tu en sauras plus que tous ces gars-là réunis. Ils n'y connaissent rien aux ours. "On en a rien à foutre !", c'est tout ce qu'ils te diront sur la question. Non seulement ça, mais on devra s'inquiéter de ne pas les avoir dans les jambes si on a des histoires... » Cette idée le laissa songeur un instant, puis il secoua la tête en souriant et m'assura que tout irait bien.

Sarah, Mme Frobisher et quelques autres femmes avaient préparé un goûter pour les enfants.

Les familles qui se trouvaient là étaient pratiquement celles qui se pressaient le dimanche, à la porte de l'église. À les entendre, les ours ne leur créaient aucun ennui, tout au plus découvraient-ils une de leurs poubelles renversée de bon matin, mais ils n'en décrochaient pas leur fusil pour autant. Leurs portes et leurs volets étaient solides et ils n'habitaient pas de maisons isolées. Personne ici n'aurait fait de mal à un ours, à moins que sa vie ne fût en danger. « Parfois, ils viennent bien gratter à la porte s'ils sont affamés, m'avait déclaré le directeur de l'école, mais ils finissent toujours par se fatiguer. Il suffit d'un peu de vigilance et de boucler le centre-ville pour le soir d'Halloween... »

J'avais déjà remarqué que, la plupart du temps, ceux qui s'occupent des problèmes d'une communauté ne sont pas ceux qui les ont. Il n'empêche que les petits-fours étaient appétissants et qu'on semblait tenir la situation bien en main. On en avait tué vingt, trois ans plus tôt, puis douze l'année suivante. L'automne dernier, on n'avait ramassé que six dépouilles dans les rues de Riverdale et alentour. On se sentait sur le bon chemin. On augurait la disparition pure et simple de ces détestables incidents qui entachaient la ville et leur valait le mépris des écolos. L'an passé, Frobisher et sa patrouille s'étaient vu décerner félicitations et encouragements officiels du Service Canadien de la Vie Sauvage. On attendait d'ailleurs la visite du professeur John Higgins, une autorité nord-américaine sur les ours polaires bien connue à Riverdale. Déjà, quelques esprits facétieux arboraient en public le fameux sweat-shirt à l'effigie du professeur. Il y était facilement reconnaissable avec sa barbe et ses lunettes. À quatre pattes, pantalon baissé et anorak troussé sur les hanches, il s'y faisait sodomiser par un ours clignant de l'œil. Certains profitèrent de cette réunion pour déplorer l'incurie de Tom Conroy dans cette affaire. Mais chacun savait qu'Higgins et lui étaient à couteaux tirés.

Frobisher porta un toast à la réussite de cette nouvelle épreuve qui s'annonçait. Dans un accès d'euphorie, il promit qu'il n'y aurait pas de sang dans les rues de Riverdale et un soupir de satisfaction monta de l'assemblée comme une vapeur de gâteau à la crème. George Conroy, qui avait quitté son bureau de poste pour couvrir l'événement en tant que correspondant du *Winnipeg Free Press*, profita de l'attention qu'on portait aux doux propos de l'orateur pour me glisser de l'argent dans la poche. George avait évalué les risques qu'il prenait ainsi à vingt, puis trente pour cent des sommes qu'Henri m'envoyait par mandat. Ayant prélevé sa commission, il me remettait mon dû avec une grimace douloureuse, comme s'il était torturé par sa conscience. Je ne savais pas si c'était l'idée de me rançonner ou celle de trahir ses frères qui le tourmentait. Mais jusque-là, on ne l'avait pas encore trouvé pendu au bout d'une corde.

Sarah retourna au magasin, embellie par deux ou trois coupes de champagne. Je ne la rejoignis qu'un peu plus tard, après être passé par chez elle et avoir mis à l'abri notre nouvel arrivage. Nous n'avions pas encore décidé à quoi nous servirait cet argent mais je sentais que ces économies n'étaient pas inutiles, qu'elles avaient sur Sarah un effet apaisant.

Lou confectionnait des glaces à six dollars lorsque je passai derrière le comptoir. Plissant des yeux, il maniait coulis, chantilly, marshmallow, M & M's et tout le bazar avec une adresse de dentellière malgré la dimension de ses mains — chacun de ses doigts avait la taille d'un manche à balai. C'était, pour les adolescents de Riverdale, le seul endroit où l'on pouvait s'envoyer une glace digne de ce nom, à condition que Lou fût aux commandes. Ni Sarah, ni moi, ni même Annie la serveuse qui avait pourtant travaillé dans une succursale Häagen-Dazs à Toronto, n'offrions le moindre intérêt à leurs yeux. Lou laissait tout tomber au bar dès qu'il s'agissait d'une commande un peu sophistiquée. Jamais il ne rechignait à exercer ses talents, fût-il en pleine discussion de l'autre côté ou tranquillement installé à monter ses mouches. Ça le mettait même de bonne humeur.

« Faut que je te parle... » murmura-t-il entre ses dents. Je remarquai qu'il avait oublié un nuage de caramel sur un Fuji-San Special De Luxe, ce qui me sidéra.

Sarah m'interrogea du regard tandis que Lou et moi nous dirigions vers la remise mais je ne lui renvoyai aucun message.

Lou referma la porte derrière lui, s'adossa au panneau en prenant un air navré. Je réussis donc à éviter son premier direct. Mais le bougre était si rapide qu'il m'atteignit d'un gauche à l'oreille que je n'eus même pas l'occasion de voir venir. J'allai m'étaler sur des sacs de haricots blancs dont on faisait grande consommation dans le pays, mijotés avec de la viande et du miel. Sans plus attendre, Lou m'empoigna par ma chemise qui n'était ni en soie ni destinée à une soirée quelconque, mais tissée d'un solide coton, quasiment à toute épreuve. Il ne prenait pas de plaisir à sa besogne, j'en étais témoin. Il l'accomplissait avec calme, ne s'offusquant pas si j'essayais de lui en placer une ou d'attraper un manche de pioche qu'il m'ôtait aussitôt des mains. Tandis qu'il me soulevait du sol, je ne lus dans ses yeux ni haine ni colère, mais l'impassible application qu'il mettait à graisser ses bottes, chose qui ne l'amusait guère mais s'avérait indispensable. Il me projeta contre une palette de lait en cartons qui me coupa le souffle. Il me rendait bien vingt-cinq kilos, je n'avais pas besoin de réfléchir. Puis il ouvrit la porte et me balança dans la cour arrière.

C'était ainsi qu'à son habitude, il en terminait avec moi : il me jetait dehors. J'y voyais un geste plein de sous-entendus, l'écho d'une mémoire primitive.

En dépit de certains bruits qui couraient sur le fond de ma nature, je ne recherchais pas ce genre d'exercice. Personne ne comprenait comment je pouvais supporter ça. Même Sarah me regardait quelquefois en secouant la tête, ne sachant plus que penser. N'empêche que Lou m'avait sauvé la vie. Et qu'il continuait encore de me remettre les idées en place, à sa façon. J'avais expliqué à Sarah qu'un type qui souffre de l'appendicite ne se réjouit pas forcément de se faire ouvrir le ventre. Je n'aimais pas recevoir de raclée, pas plus que d'exécuter un vol plané dans la rue. Mais ce n'était rien comparé aux trois années de dépression que j'avais traversées. Quelle rigolade que de saigner du nez ou de se relever avec une bosse ! Chaque fois que je roulais sur le sol, je m'éloignais des ténèbres. Chaque fois que le poing de Lou m'arrivait en pleine figure, je réalisais l'incroyable simplicité d'être au monde. Je ne me sentais plus dégringoler comme une pierre, j'étais une plume s'élevant au-dessus du gouffre, libéré de l'idée que je pesais quelque chose et qu'il fallait prendre ce monde au sérieux.

Je comprenais que mes raisons pouvaient sembler obscures. Je n'essayais pas trop moi-même d'y réfléchir de peur de tout flanquer par terre. Qu'importait, au fond, que je ne dusse pas ma guérison aux seules pratiques de Lou, mais à un contexte plus général ? J'étais d'avis qu'il ne fallait toucher à rien. Quand j'atterrissais sur le dos, j'ouvrais les yeux et contemplais le ciel un moment, retenant une larme de joie.

Cette fois, ma tête heurta une poubelle, ce qui m'arracha un demi-sourire. Il était bon d'éprouver son corps, de temps en temps, de renouer avec lui des liens solides, de le frotter à la texture du monde, de reconnaître le chaud et le froid, le rugueux et le lisse, de le sentir entrer dans vos poumons en un souffle divin, si puissant qu'il vous nettoie la cervelle. Enfin bref, rares sans doute étaient ceux qui, mordant la poussière, se déclaraient en aussi bonne forme que moi.

Je me relevai, sinon moulu, légèrement étourdi, mais bientôt revigoré par un courant d'air qui accompagnait la tombée du jour et secouait les ivrognes, les sans-abri, les sans-nom, les sempiternels coupeurs de cheveux en quatre. Je retrouvai Lou à l'intérieur, rangeant quelques bricoles que nous avions bousculées. J'avais vu pire, en d'autres circonstances. Et puis notre dernière prise de bec remontait à plus d'un mois. Je me demandais s'il n'avait pas perdu la main.

« On t'a demandé de t'occuper de la tombe

de son mari... lâcha-t-il sans me regarder, redressant sur les rayons quelques flacons d'Aunt Jemima qu'un peu plus tôt j'avais failli recevoir sur la tête. Y a certaines choses qu'on peut pas laisser passer, tu comprends... Je devrais pas avoir besoin de te le redire.

— Bon sang ! Mais il était déjà dans son lit, et à moitié mort !...

— Il y a un temps pour déchirer et un temps pour recoudre. Tu es loin d'avoir fini ton travail. »

Je pris place sur une chaise tandis qu'il déposait deux verres et le bourbon sur la table. Dehors, on entendait la Waskanaka qui commençait à disparaître sous la glace et poussait encore quelques glouglous entrecoupés de craquements sinistres. S'installant devant moi, Lou se pencha un peu pour examiner mon oreille qui devait luire comme un lampion. Mais je vis que tout allait bien, qu'elle n'avait sans doute pas encore éclaté ou fondu malgré sa température. Entre ses doigts, le verre qu'il me tendit me sembla ridicule, l'espace d'une seconde. Je m'expliquais mal comment diable il s'y prenait pour ne pas me réduire en bouillie quand sonnait l'heure de me rappeler à l'ordre.

« Ne t'inquiète pas, lui dis-je. Il n'y paraîtra plus dans une quinzaine de jours...

— Écoute-moi, j'ai connu des types ici qui n'ont pas fait la moitié de ce que tu as fait. Ils sont partis vers le nord et on ne les a jamais revus... Reconnais qu'on est patients avec toi. On te laisse encore jusqu'à Noël.

— Mais je l'ai vue se creusant la tête des jours entiers pour trouver le moyen de m'emmerder !... Je n'ai jamais eu une minute de tranquillité avec elle ! Cent fois nous avions envisagé de divorcer, elle était bien d'accord, mais il suffit que j'insiste pour qu'elle fasse machine arrière... Je crois qu'il n'y a rien d'autre dans la vie qui l'intéresse davantage que de s'allonger en travers de mon chemin... Lou, tu sais bien que j'épouserai Sarah dès que ce sera possible...

— Oui, je le sais. Mais ça n'empêche que je me remuerais, à ta place.

— Ah oui ? !... Et qu'est-ce que tu ferais, gros malin ? !... Cette cinglée est sûrement à l'autre bout du monde en train de se bronzer les fesses et elle appelle mon avocat pour savoir si je respire encore !... Nom de Dieu, j'imagine qu'elle est heureuse pour la première fois de sa vie !...

— Ne te fatigue pas, soupira-t-il en se levant. On se fiche de tes histoires. Mais n'oublie pas une chose : tu as jusqu'à Noël, et pas plus tard.

— Je te remercie, mais pourquoi attendre ?... Pourquoi ne pas régler ça le jour de la fête des Morts pendant qu'on y est ? !...

— Si tu te lèves tôt demain, ajouta-t-il en franchissant la porte, je t'emmène à la pêche. »

J'étais en train de me demander si nous irions à Jupiter Lake ou dans ce bras mort de la Waskanaka où nous avions fait des étincelles quinze jours auparavant, quand mon bip se mit à couiner tout à coup. Je fis un bond sur ma chaise, car c'était la première fois. Lou me suivit des yeux, tandis que je traversais le bar sans un mot et lui flanquais mon tablier sur le comptoir. J'envoyai un clin d'œil à Sarah qui pesait des fèves pour la femme de Richard Conroy, cloué au lit à la suite d'une chute, en descendant de son hélicoptère.

Je m'apprêtais à engloutir au pas de course les cinq cents mètres qui me séparaient du garage lorsque Frobisher déboula sur la grand-rue, la tête passée à la portière et balayant toutes les façades, jusqu'au clocher de l'église, des aimables fulgurances de ses gyrophares. « Allons ! En selle !... » me cria-t-il, quasi hennissant.

Les ours n'étaient pas en ville, mais on avait repéré les plus avancés à une vingtaine de kilomètres au sud. Frobisher était très excité et conduisait n'importe comment. La nuit était tombée. Il y avait tout un bazar qui valdinguait à l'arrière du véhicule, comme la forêt de sapins qui dansait dans les phares. Le visage de Frobisher n'était plus qu'une grimace de pur plaisir. Malgré le froid, son carreau était ouvert, une poignée de ses cheveux dansaient au vent qui, lorsque nous débouchâmes en rase campagne, se mit à siffler si horriblement que j'en fus presque mal à l'aise.

Il me glissa un coup d'œil en souriant : « On a déjà vu des trains entiers s'envoler, m'expliqua-t-il pour me rassurer, des pointes à t'arracher la croûte terrestre comme une simple peau morte... »

On s'arrêta à la hauteur de Jonkery Point, une espèce de corne qui plongeait dans la baie, une sorte de Cortina d'Ampezzo pour une colonie de phoques. De l'endroit où me conduisit Frobisher, on les voyait se pavaner et remuer leurs gros culs avant de s'offrir une glissade vers les eaux noires et leurs cris donnaient à la nuit une atmosphère étrange, caverneuse, incantatoire. D'un coup dans les côtes, mon compagnon me signifia que ça ne se passait pas dans cette direction. Il pointa son doigt vers les ténèbres, me confiant ses lunettes à infrarouge.

« Hein ? !... Que dis-tu de ça, petit ?... » murmura-t-il d'une voix troublée, après qu'il eut savouré mon silence.

Sarah pensait que Lester ne s'en tiendrait pas aux deux tentatives qu'il avait manœuvrées de l'ombre en vue de m'éliminer. Mais je n'en étais pas aussi sûr. Il avait beau être un parfait imbécile, je ne doutais pas qu'il fût informé de certain compte à rebours dont j'étais l'objet. Et contrairement à Sarah, je ne croyais pas qu'il irait se salir les mains quand d'autres se proposaient de le faire à sa place.

« Où vas-tu chercher qu'il ne tient pas à se salir les mains ? !... » marmonna-t-elle en ajustant une sangle de mon gilet pare-balles.

C'était bien une conversation à propos d'un manchot, et tout à fait sérieuse malgré l'emploi d'images inopportunes. Le gilet aussi était sérieux, du moins était-ce le modèle réglementaire porté de l'autre côté de la frontière, encore frappé du sigle FBI, que Sarah s'était procuré Dieu sait comment. À même la peau, il me grattait. Par-dessus mon tee-shirt, je me sentais bientôt tirebouchonné et incapable de rester en place. Mais Sarah ne voulait pas en démordre. Elle me voyait étendu raide mort un beau soir. Elle s'imaginait qu'en pleine nuit, quand les ours nous feraient courir dans tous les sens, un accident serait vite arrivé. Pas plus tard que l'année dernière, un type de la Patrouille ne s'était-il pas pris une balle dans le mollet ? D'ailleurs, elle ne voulait pas discuter. Elle ne se donna même pas la peine de m'annoncer les mesures qu'elle comptait employer si je refusais de le mettre. J'en avais une vague idée.

Par esprit de vengeance, je la pris un peu plus avant dans la soirée avec mon gilet pareballes sur le dos. J'espérais qu'elle s'y cuirait la peau, que ses fesses en sortiraient comme un soleil levant mais je m'aperçus bien vite qu'elle s'entichait de mon nouvel attirail et que ma mauvaise humeur se retournait contre moi.

« Ah, je meurs de chaud !... » finit-elle par admettre, plus rouge qu'un coquelicot dans la lumière. J'étais moi-même en nage, appréhendant le jour où je devrais enfiler une cotte de mailles et la caresser avec un gant de crin.

Elle proposa de prendre l'air, jurant que nous lui avions fouetté les sangs et qu'elle ne pourrait pas dormir de sitôt. Il était presque minuit. Je voulus y réfléchir mais mon esprit demeura inerte, insensible, chose qui m'émerveillait encore à présent, moi qui l'avais connu sur le point d'éclater, moi qui ne me nourrissais plus que de somnifères, d'antidépresseurs, d'aspirine et de Glenlivet lorsque j'avais rencontré Sarah. Je me souvenais de la première raclée que Lou m'avait administrée, je me souvenais de ma stupéfaction quand j'avais constaté que mes pensées s'étaient arrêtées, qu'enfin quelques secondes de repos m'étaient accordées tandis que je gisais sur le sol, je me souvenais du fabuleux sentiment de délivrance qui m'avait submergé après que le tourbillon de mes pensées se fut rompu. Au point qu'au cours des jours qui suivirent, Sarah déclara qu'en dépit de nos ennuis au moins l'air me réussissait — je crois que c'était la première fois que je restais tranquillement dans ses bras, que je la laissais jouer avec mes cheveux, s'amuser avec mon visage et elle me félicita de mes progrès.

Prendre l'air, en cette saison, et si l'on était très courageux et bien équipé des pieds à la tête, revenait à parcourir quelques centaines de mètres d'un pas vif, sans songer à s'arrêter une seconde sinon à vouloir geler sur place, et rentrer en vitesse. Nos balades nocturnes nous conduisaient presque toujours sur les bords de la Waskanaka. Le temps d'un éclair — nous en avions apprécié tous les détails en été —, et sautillant avec entrain, nous jetions un œil sur le paysage pour nous payer de notre peine. Il y avait une petite chute, dans une courbe de la rivière, de grands sapins sur la rive opposée, un éboulis de roches verglacées aux contours luminescents et une atmosphère de guirlandes monumentales, de noirceurs effroyables, de forces invincibles, etc.

J'étais en train de regarder un walleye immobile sous la glace, à contre-courant, lorsque nous entendîmes des coups de fusil. Nous songions à nous en retourner, de toute manière. J'imaginais que, par moins quinze, aucun feu n'embrasait plus Sarah.

Ça venait de chez Bill Hottingan, le type qui avait essayé de me tuer au printemps, un jour où je travaillais avec Lou dans le hangar des marchandises. Il m'avait loupé. La caisse de conserves avait explosé sur le sol, à quelques centimètres de moi. Il avait sauté de son engin, après coup, m'avait serré dans ses bras et tâté pour s'assurer que j'étais toujours en un seul morceau, puis il avait remercié Dieu et nous avait payé à boire séance tenante, mais il empestait l'âcre et caséineuse odeur des fourbes. Quant à moi, je savais qui avait passé la commande : Lester se mordait le poing dès que j'avais le dos tourné. Comme la nuit où j'avais nettement entendu un couteau siffler à mon oreille.

Bill Hottingan se roulait par terre en hurlant lorsque nous sommes arrivés. Tom Conroy était déjà là, ainsi qu'Howard, un membre de la Patrouille des Ours, qui était occupé à se gratter la tête.

« Il vient de dégringoler ses marches en chaussettes !... » m'expliqua Tom tandis que je l'aidais à transporter Bill sur le siège arrière de sa voiture. Les chaussettes en question dégoulinaient de sang et Bill, cramponné à mon bras, poussait d'horribles cris d'agonisant et se tordait comme si nous l'avions mené à l'abattoir. Quand il prit conscience que c'était entre mes mains qu'il échouait, sa grimace se figea et mon sinistre clin d'œil l'entraîna aussitôt à vociférer davantage.

Cependant que Tom le conduisait à l'hôpital, j'allai secouer Howard qui dormait pratiquement debout. « Tu ne tiendras plus très longtemps si tu ne te décides pas à prendre un peu de repos, lui glissai-je. Il y a combien, maintenant… ? Il y a bien un mois que tu es marié… » Il sentait encore le Canoe et je remarquai quelques égratignures dans son cou.

« Bah… j'ai toujours ce coup de barre aux alentours de minuit, me confia-t-il. Mais ça ne dure qu'une seconde. »

Il avait également la marque du volant sur le front et ses yeux étaient rouges comme de la braise.

« Est-ce que tu as vu quelque chose… ?

— Non, mon commandant. Pas la queue d'un », répondit-il en bâillant.

Je l'emmenai avec moi pour inspecter les alentours de la maison. Nous nous arrêtâmes un instant devant les planches hérissées de clous dont Bill avait garni ses marches et qu'il avait dévalées par étourderie, à la poursuite d'un probable Johnny Walker déguisé en plantigrade. Howard ricana par-dessus mon épaule et murmura quelques compliments à l'adresse de mon quasi-assassin.

Malgré tout, nous trouvâmes des traces d'ours du côté de la cuisine. Le panneau de bois qui protégeait la fenêtre avait été griffé en différents endroits et les gonds avaient failli céder. S'interrogeant à haute voix, Howard se demanda s'il ne pouvait s'agir d'un caribou, ou il ne savait pas, peut-être d'un renard bleu... car quant à lui, il ne voyait pas qu'un ours ait pu échapper à son étroite surveillance. « Qui peut savoir quand nous sommes réellement éveillés... » lui soufflai-je à l'oreille.

Il y eut une réunion, dès le lendemain matin, dans les locaux de la police. Frobisher, d'une voix vibrante, appela les membres de la Patrouille des Ours à une vigilance de chaque instant et nous somma de graver dans nos mémoires l'idéal qui devait nous animer et que chacun traduisait par « Évitons qu'il n'y ait de la casse ». Il ajouta que toute vie sur cette terre était la création de Notre-Seigneur et méritait donc notre respect, voire même notre sympathie... mais Tom Conroy abrégea son discours en le remerciant pour toutes ces précisions. Prenant la parole à son tour, au nom de la Police Montée Royale du Canada, Tom déclara qu'on pouvait se débrouiller comme on l'entendait mais qu'il ne voulait pas d'histoires. « Et maintenant, les gars, j'ai pas que ça à faire... » nous signifia-t-il en guise de bénédiction.

La Patrouille se leva comme un seul homme tandis qu'un élément de la Police Montée nous ouvrait la porte. Il y avait un peu de blizzard, ce matin-là, mais ce n'était pas ce qui avait assombri l'humeur de Tom. Je m'étais étonné de son manque d'appétit, une heure plus tôt, je lui avais demandé ce qui n'allait pas avec mon omelette. Il ne m'avait pas répondu. Après son départ, alors que j'inspectais mes œufs d'un peu plus près, on m'avait parlé de la venue du professeur Higgins.

« Bah, ce n'est qu'une pauvre brute... » me confia Frobisher pendant que nous roulions vers la sortie de la ville. « Lorsque nous avions vingt ans, et ce n'était pas comme aujourd'hui, tu sais, il n'y avait aucune réglementation pour la chasse, eh bien, Tom gagnait sa vie en vendant des peaux d'ours, et nous n'étions pas amis, car moi j'écrivais des articles dans le journal de la ville, et je te prie de croire que je n'étais pas tendre avec les gens de son espèce !... Heureusement, nos parents étaient amis intimes, en ce temps-là, et Tom craignait tellement son père qu'il n'osa jamais me casser la figure... c'est que le grand-père Conroy était un Iroquois et le père de Tom était prêt à tout pour qu'on oublie ses origines, c'était une sorte d'obsession chez lui. Il avait un besoin maladif de donner une image respectable de sa famille et il n'aurait pas toléré le moindre écart aux convenances. Je crois qu'il aurait vu d'un très mauvais œil que Tom se roule dans la poussière avec le fils du pasteur... Au fond, le seul véritable ciment qui empêche une société de se désagréger, c'est la peur du qu'en-dira-t-on... On comprend qu'avec une telle éducation, les Conroy soient restés très sensibles sur ce point, naturellement... »

Il me jeta un coup d'œil mais je ne fis aucun commentaire. Je ne tenais pas à choisir un camp plutôt qu'un autre. Je n'aimais ni la brutalité et la bêtise des uns, ni la supériorité et la saleté des autres. Mais j'avais toujours eu du mal à me faire des amis.

Frobisher s'arrêta juste après la scierie. Howard et son cousin se rangèrent derrière nous, ainsi que Ted et « Cookie », un petit gros qui avalait deux douzaines de donuts avant le repas du midi et qui avait transformé la boîte à gants de son véhicule en tiroir à sucre. De l'autre côté de la route s'étendait une zone complètement déserte qui s'en allait mourir en pente douce dans les eaux de la baie d'Hudson. La visibilité était mauvaise mais on distinguait très bien les deux ours qu'on venait de nous signaler et qui s'avançaient vers la ville. Ce n'était pas un spectacle très inquiétant. Ils avaient l'air de se promener, d'un pas hésitant, semblaient même tourner en rond et s'immobilisaient parfois, le nez en l'air. Je ne me rendais pas bien compte de leur taille à cause de la distance qui nous séparait, mais j'entendais certaines évaluations autour de moi qui donnaient à réfléchir.

« Ces deux-là sont des emmerdeurs... » décida Frobisher en sortant les fusils de la voiture. C'était des longue-portée, armés de pétards à détonation. Devant une poignée de badauds venus de la ville avec femmes et enfants pour nous voir à l'œuvre, nous commençâmes à tirer pour effrayer les ours.

Durant un moment, nous amusâmes les petits habitants de Riverdale. Les grands prirent quelques photos et d'autres débouchèrent des bières en riant, assis sur le capot de leurs véhicules. Puis, bien après que les ours se furent enfuis, ils plièrent bagage tandis que la neige continuait à tomber mollement sur le paysage devenu sinistre. Je déclinai l'offre de Cookie qui me tendait un paquet de gâteaux secs retrouvé dans le fond de sa poche.

Le professeur Higgins arriva plus tard dans l'après-midi. Il n'était pas bien grand, et assez jeune, mais il avait un petit avion pour lui seul et tout un barda qu'il fallut transporter chez Frobisher, ce dernier lui cédant un étage entier de sa maison, étage qu'un escalier extérieur rendait indépendant. Il avait quitté Syracuse, dans l'État de New York, sous un beau soleil et pas moins de soixante degrés Fahrenheit. « Hé, Frobi, qu'est-ce que c'est que ce temps de merde... ? » s'enquit-il en nous serrant la main. Il arborait également ce fameux sweat-shirt sur lequel un ours le besognait par-derrière.

Pendant que Frobisher conduisait et divaguait sur une recette de tarte aux pommes, il resta tourné vers moi et discutait sec. Ça l'amusait de rencontrer un Français, ça lui rappelait les années qu'il avait vécues dans mon pays, du temps de ses études. J'avais l'impression qu'il connaissait Paris mieux que moi. Et le plus fort, c'est qu'il avait déjà vu ma peinture. Et il ne voulait pas en jurer mais il croyait bien m'avoir aperçu lors d'un vernissage. Le nom de la galerie ne lui revenait pas. C'était une chance, il évoquait pour moi un souvenir plutôt pénible : j'avais quitté Bartirion avec perte et fracas, deux ans auparavant, pour éviter de passer aux mains des Japonais. Je déviai donc la conversation en lui expliquant que le blanc me posait quelques problèmes et que j'étais venu ici avec l'intention de les résoudre.

La Patrouille des Ours coltina ses bagages jusqu'au premier, dans de petits tourbillons de neige qui vous glissaient sur le visage comme de la poudre, sans s'y coller, tombaient sur le sol puis remontaient en l'air avec des grâces de révérence. Higgins déballait son matériel au fur et à mesure et envahissait l'étage avec une sorte de joie féroce et spartiate — il avait préféré son lit de camp au matelas que lui avait réservé Frobisher et qui prenait trop de place. Il nous précisa que l'hélicoptère serait là dans trois jours et qu'il attendait un camion d'un nouveau modèle.

« Et sinon, quoi de neuf chez les néandertaliens ?... » lança-t-il à la cantonade, tout en garnissant le frigidaire d'ampoules et de fioles.

Frobisher lui répondit qu'aucun incident n'était

encore survenu et qu'aucun ours n'avait été ne serait-ce que blessé. Mais il ajouta que le cirque n'avait pas commencé, sur un ton d'où perçait une légère inquiétude. « Bah, c'est toujours les mêmes qui sont remontés… » déplora Ted avec un geste fataliste. À ces mots, Higgins nous fit face. Je n'aurais su dire si c'étaient ses yeux qui brillaient ou un étrange reflet de ses lunettes. « Entendons-nous bien, messieurs… nous prévint-il d'une voix égale. Il y a forcément un choix à faire lorsque l'on décide de protéger une espèce : ou bien l'on va brûler un cierge ou bien l'on cesse de se dégonfler devant une tête de bite ! »

Higgins avait son franc-parler, ce qui permit à la Patrouille de s'en tirer avec le sourire. Mais d'après le cousin d'Howard, qui avait tenté d'intervenir l'an passé pour empêcher un abattage, c'était une autre histoire quand on se retrouvait avec un Marlin 336 encore fumant braqué sur le ventre et qu'on s'entendait dire qu'on allait décorer les arbres avec ses intestins si l'on n'avait pas décampé dans la seconde qui suivait.

Le soir même, les Frobisher nous invitèrent à dîner, Sarah et moi, ainsi que le reste de la Patrouille et leurs femmes. Je m'arrangeai avec

Annie, la serveuse, afin qu'elle me remplace au bar et je m'attirai la bienveillance de Lou en lui révélant — ça m'avait coûté cinq mètres de coton imprimé de la nouvelle collection de chez Carson Pirie Scott & Co, plus un engin dernier cri pour l'épilation électrique et la promesse de ne rien dire car sinon il la tuerait —, en lui révélant donc, disais-je, le lieu secret où s'en allait pêcher Doug Donnett, l'armurier, ex-champion des Territoires du Nord-Ouest, deux fois couronné aux Bassmasters Classic et vainqueur en 88 du Red Man All-American Championship. Lou en resta muet d'émotion. Je regrettai, après coup, de ne pas lui avoir demandé d'augmentation. Et le treizième mois, tant qu'à faire.

J'arrivai avant Sarah. Ce qui me permit d'observer à mon aise la façon dont Higgins l'accueillit : il la retint dans le vestibule, la serra contre lui et l'embrassa sur la bouche. Ils échangèrent quelques mots avant de rejoindre l'assemblée. Sarah me chercha du regard. Je lui souris. Autant le climat me réussissait, autant la venue d'Higgins lui donnait des couleurs. On aurait dit qu'elle s'était abandonnée sous un rayon de soleil. Ses joues étaient roses et elle battait des paupières. Je crois qu'elle ne suivit Mme Frobisher à la cuisine qu'à seule fin de respirer un peu.

Elle m'attrapa discrètement la main avant

que nous ne passions à table, me la pressa dans tous les sens.

« J'espère que tu n'es pas idiot... me soufflat-elle.

— Ma foi... je n'ai jamais su répondre à cette question... en mon âme et conscience, bien entendu... »

Elle ne mangea pas avec beaucoup d'appétit. Aussi bien, la cuisine de notre hôtesse était sans chichis, voire un peu brutale. Il y avait du vin californien et de la bière allemande à table, que d'aucuns alternaient indifféremment. En dehors de Sarah, qui était assise sur des pierres, l'assemblée était détendue, chaleureuse et bruyante. Les femmes de Ted et du cousin d'Howard étaient serrées dans des robes brodées de strass et rivalisaient d'indécence, avec de sérieuses poitrines menaçant de virer par-dessus bord. Elles semblaient très émoustillées par le comportement d'Howard avec la sienne, plaisantaient constamment à propos de leur bécotage et de cette intrigante lune de miel qui n'en finissait plus. Il faisait assez chaud. Frobisher nous couvait des yeux avec un profond sourire, comme si nous étions ses enfants. Il faut dire que la Patrouille vibrait d'un sang neuf, que chacun de ses membres se sentait l'étoffe d'un Davy Crockett, contenant la ville d'une main et repoussant les ours de l'autre. Pour preuve, Cookie lui-même se proposa d'aller jeter un coup d'œil en ville, en attendant le dessert. Quant à Higgins, il prévoyait un vaste plan d'étude et comptait marquer plus de bêtes qu'aucun autre chercheur avant lui. C'est alors que Mme Frobisher apporta une liqueur de sa fabrication.

Pressée d'en dire davantage, elle refusa de nous éclairer sur sa composition. Elle daigna simplement nous révéler qu'il s'agissait d'une recette très ancienne que concoctaient les femmes de bûcherons, « du temps où les hommes tenaient encore debout... » plaisanta-t-elle.

Sarah s'éclipsa dès le premier verre, profitant de la fumée des cigares et des vapeurs de la potion. Higgins tenta de se lever de sa chaise pour la retenir mais retomba sur ses fesses avec un geste d'impuissance. Nous échangeâmes un regard puis tendîmes nos verres à Mme Frobisher.

Plus tard, Higgins me proposa le coup de l'étrier dans son appartement. Il tira d'un sac une bouteille de Famous Grouse, me dévoilant ainsi que nous avions plusieurs goûts en commun. De sa fenêtre, nous observâmes un instant le départ de la Patrouille qui tâchait de s'orienter devant le seuil de la maison. La femme de Ted s'étala de tout son long après une embardée sur le sol verglacé, mais aussitôt son rire fusa et sa copine vola à sa rescousse. Elles roulèrent toutes les deux sur le trottoir désert, jusque sous l'enseigne de Doug Donnett qui les baigna de rouge, insistant sur la pâleur de leurs cuisses et la présence de porte-jarretelles. Tout le monde s'en amusait, en bas.

En haut, Higgins se livrait à certaines estimations.

« Je suis toujours partant pour baiser une rousse... me confia-t-il. Dommage que son mari soit là... et je crois pouvoir ajouter qu'elle pense la même chose. La pauvre... elle ne doit pas avoir très souvent l'occasion de s'amuser... »

Il n'y avait aucun cynisme, mais une réelle douceur dans sa voix. Puis il me fit ses compliments et me déclara que pour ce qui concernait Sarah, j'avais choisi le bon numéro.

« Et je ne parle pas simplement des parties de fesses, quoiqu'elle soit impressionnante dans ce domaine... Au fait, ça ne te gêne pas si je te dis ça ?...

— Non, mais inutile d'entrer dans les détails. »

J'étais aux trois quarts fou lorsque j'avais rencontré Sarah. Je passais des journées entières enfermé dans mon atelier, à regarder le monde s'écrouler autour de moi. La mort de mon frère ne m'avait pas simplement affecté, elle avait précipité le fracas et la poussière, et je ne dessaoulais pas du matin jusqu'au soir afin de tenir le coup. Si je me décidais à travailler, ce qui représentait déjà un bel effort de ma part, je restais planté devant mes pots de peinture, comme un imbécile stupéfié et le jour s'écoulait sans que j'aie pu attraper un pinceau. Henri, mon agent, n'essayait même plus de me secouer, il prétendait d'ailleurs que j'avais tenté de l'étrangler avec ma corde à sauter. J'étais fou. Si les flics ne m'avaient pas encore embarqué, c'était parce que je pouvais me payer un bon avocat, le meilleur — celui qui était l'amant de ma femme, à présent, mon seul ami malgré tout —, et aussi parce que j'étais un type connu, une merde sans intérêt mais qui avait eu la chance de faire fortune sans qu'on pût expliquer ni comment ni pourquoi. On m'adorait pour mes couleurs, paraît-il, alors que je peignais sous des lumières noires et que les couleurs n'existaient plus pour moi. Je lisais des articles de trois pages, des réflexions sur la signification de ma peinture alors que je n'y comprenais plus rien depuis longtemps.

Je ne sais pas pour quelle raison s'était déclenchée l'étincelle avec Sarah. Je connaissais une bonne demi-douzaine de filles qui auraient accepté de m'enlever — moi et mon magot — si je l'avais voulu, mais je ne voulais rien. Je ne savais plus dans quelle soirée nous nous étions croisés, ni quel breuvage j'étais en train d'inventer, ni quelle extravagance m'était passée par la tête. Je la revois à peine me préparant une valise, je m'entends simplement rire et je sens l'air frais sur mon visage, l'odeur de la nuit qui m'apaise, la tête penchée à la fenêtre d'un taxi. J'avais été malade dans l'avion. J'avais ouvert un œil à New York, dans une chambre du Gramercy Park, et elle m'avait emmené voir les écureuils dans le jardin. J'avais bu de nouveau pendant qu'elle s'occupait des billets suivants. Me l'eût-elle dit, je ne savais pas où nous allions, je ne savais pas ce qui arrivait, mais je ne voyais rien qui valût la peine de s'en inquiéter. À Toronto, j'avais juste remarqué qu'il faisait froid et elle m'avait acheté un énorme anorak dont je devais déchirer une manche, un peu plus tard, en tombant dans la rue tellement j'étais faible et sans volonté. Je me souviens qu'elle me cassait les pieds lorsqu'elle essayait de me forcer à manger.

Les Conroy étaient une famille de cinglés, ça ne faisait aucun doute. Les histoires de fous qui m'attendaient à Riverdale n'étaient pas de la plaisanterie. Mais avais-je besoin d'autre chose ?... Qui connaît les mécanismes du monde ? Qui sait de quel levier dépend qu'il se remette en place ?...

D'emblée, Sarah avertit ses frères que je voulais l'épouser. Et j'étais si loin de chez moi, je me fichais tellement de ce qui se passait autour de moi que je n'avais pas bronché, même si j'en tombais des nues. Puis l'affaire s'était corsée lors de mon entrevue avec le mari de Sarah. Du moment que l'on me tirait par la manche et que l'on m'offrait une chaise, le spectacle pouvait continuer, et si l'on me faisait traverser la rue, je ne songeais qu'à respirer à pleins poumons et cet étrange frisson que j'en ressentais à travers tout mon être était la seule conscience de la réalité qui me parvenait réellement, le seul écho identifiable.

Le malheur voulut que l'époux en question expirât quelques minutes après mon entrée dans sa chambre. Qu'il fût à l'agonie depuis plusieurs jours et que Sarah l'eût quitté depuis des mois n'y changea rien. On considéra que je l'avais tué et l'on me pressa de réparer les dégâts en vitesse.

Ce fut à l'occasion de sa première colère contre moi que Lou me ramena à la vie. Car les Conroy se fâchèrent lorsqu'ils apprirent que j'étais marié et nos rapports se délitèrent quand ils s'aperçurent que ma femme traînait des pieds pour m'accorder le divorce. Mais quant à moi, malgré tous ces ennuis, j'étais heureux comme un nouveau-né et j'aurais embrassé cette main qui me malmenait, j'aurais baisé ces pieds qui me bottaient le cul et me délivraient d'épreuves infiniment plus brutales. Je ne pense pas que j'aurais pu m'en sortir tout seul. Et puis un beau matin, je découvris que j'étais amoureux de Sarah. Je n'aurais su dire si ça simplifiait ou si ça arrangeait les choses.

Je m'étais souvent demandé pourquoi elle nous avait amenés ici. Non pas qu'il me vînt à l'esprit de le lui reprocher, eu égard à mon sauvetage, mais c'était tout de même se jeter dans la gueule du loup, connaissant ses frères et les furieux énergumènes qui rôdaient alentour. Je pensai tout d'abord qu'elle avait agi par instinct, qu'un appel inconscient l'avait reconduite sur la terre de ses ancêtres. Lorsque je lui en parlais, elle me répondait qu'il y avait de ça, que j'avais sans doute raison, et son air demeurait assez vague. Il me fallut du temps pour comprendre ce qu'elle avait effectivement derrière la tête : elle voulait que je l'épouse. Ça, je le savais, et je n'y étais pas opposé. Mais avait-elle si peu confiance en moi ? Pensait-elle que je comptais filer un beau matin, l'abandonner en remportant mes promesses ? Portais-je les marques de cette infamie sur mon visage ? Difficile à dire... mais toujours est-il qu'elle comptait sur ses frères pour veiller à ma conduite, voire pour me forcer la main si jamais je montrais certains signes de faiblesse. C'était aussi simple que cela. Et au fond, je n'en concevais pas plus d'amertume que nécessaire, car je n'étais pas dans son cœur et je savais quel terrible combat chacun devait mener dans sa parfaite et abominable solitude.

Je ne jouais pas vraiment à l'imbécile avec elle. Cent fois, je lui avais renouvelé ma promesse, et Dieu sait qu'il y avait de la sincérité dans ma voix. Même si je ne courais pas après le mariage comme un forcené, Dieu m'est témoin que je l'aurais épousée sur l'heure si j'avais réglé d'un coup tous mes problèmes. Penchée sur mon épaule, elle relisait les lettres enragées que j'envoyais à ma femme — ma pauvre Liliane... ! —, discutait avec mon avocat — « Armez-vous de patience, ma chérie... » lui conseillait Paul — et me regardait au fond des yeux avec une terrible et douloureuse intensité. Mais il n'y avait aucune raison pour qu'elle doutât de ma bonne volonté.

Enfin, elle m'en voulait, quoi qu'il en soit. J'ai dit qu'elle me détestait et c'était la vérité. Par là, je ne mettais pas en cause les sentiments qu'elle avait pour moi, elle m'en donnait souvent la preuve, je n'étais pas complètement idiot, mais je sentais qu'une partie d'elle-même, qu'elle ne pouvait contrôler, me haïssait. Le fait que nous eussions à garder nos distances, dans la journée, afin que la famille Conroy puisse conserver la face, lui permettait certaine froideur, dureté ou indifférence à mon égard, histoire de se laisser aller à des pulsions plus sombres. Elle souriait quand je m'engueulais avec ses frères, ne levait pas le petit doigt quand Lou retroussait ses manches, n'hésitait pas à me repousser quelquefois quand je la frôlais derrière le bar ou si j'essayais de l'entreprendre à la caisse, profitant d'une minute où nous étions seuls. Plus tard, chez elle, la voilà qui se pendait à ma bouche, rêvassait contre ma poitrine, m'observait avec douceur, comme si j'étais son petit Jésus. Ainsi, nos rapports étaient-ils compliqués. Et sans doute l'étais-je encore davantage. Je n'en voulais pour preuve que les coups de fil secrets que je passais à ma femme. Mister Paranoïac.

Le lendemain de notre soirée chez les Frobisher était un dimanche. Je retrouvai Lou, en bas, occupé à plumer son coq de pêche avec une application de tailleur de diamants. Le bar était fermé. La journée était belle mais un air particulièrement glacé filait sous la porte. Il y avait une petite compétition de pêche au saumon organisée par l'amicale de la ville, et Lou se confectionnait encore des mouches, à la dernière minute.

« J'ai entendu dire que Doug Donnett s'était converti au poitrail de canard... » lâchai-je sur un ton innocent, accoudé au bar devant mon café. Lou en resta tout interdit. Le silence qui suivit avait une tension particulière, on sentait que quelqu'un y souffrait.

« Ah ! Nom de Dieu !... couina-t-il dans un soupir. Et c'est maintenant que tu... »

Je lui coupai le sifflet en exhibant une pochette de cellophane par-dessus mon épaule. Sa chaise racla le plancher et bascula sur le sol tandis qu'il surgissait à mes côtés. J'eus une pensée pour la femme de Donnett que j'avais circonvenue et dont je mettais la peau des fesses en péril. Puis, sortant les plumes de leur sachet, je les inspectai dans la lumière. De son côté, Lou clignait des yeux et je ne l'entendais plus respirer. Il ouvrait stupidement la bouche et les lorgnons qu'il avait fixés à son nez reflétaient de petits éclairs mordorés, tendres et délectables.

« Sauras-tu en faire bon usage ?... » le taquinai-je.

Il cueillit mon présent du bout des doigts, tel Quasimodo prélevant une larme sur la joue d'Esméralda.

« Je n'ai qu'un service à te demander, poursuivis-je. Je n'ai pas eu le temps de passer au cimetière. Tu comprends, je ne peux pas me consacrer à tes affaires et aller jouer au cantonnier sur la tombe de son ex, on est bien d'accord... »

Il regagnait sa place en hochant vaguement la tête, accaparé par son précieux fardeau.

« Alors il faudra trouver quelqu'un d'autre pour ce travail... Est-ce que tu m'écoutes ? À moins que tes frères et toi vous ne surviviez à quelques poignées d'herbes folles... Je ne sais pas, crois-tu que les gens iront jaser, que l'image des Conroy pâtira de cette petite négligence ?... À ce propos, je me demande comment vous vous démerdiez à une certaine époque, je veux dire qu'en était-il de l'honneur de la famille quand Sarah et Higgins couchaient ensemble ?... »

Il coinça un hameçon dans l'étau, fit mine de réfléchir à la suite des opérations en choisissant des bobines de fil. Je descendis de mon tabouret et me plantai devant lui.

« Est-ce que vous regardiez ailleurs ou était-ce au temps de la libération sexuelle ? Vous vous promeniez à poil dans les rues ? !... »

Il grogna, tenta de m'écarter d'un geste comme si je lui prenais de la lumière.

« Alors, me réponds-tu, oui ou merde ? !... »

Il se décida à lever les yeux sur moi. Il semblait agacé, ennuyé, mais pas sur le point de m'envoyer sur les roses ainsi que je le craignais. Il examina une fois encore mes plumes de canard et les ébouriffa d'un souffle ténu afin de considérer la question.

« De toute façon, ça ne change rien en ce qui te concerne, se lança-t-il. Et puis je pensais que tu étais au courant...

— Lou... ça ne m'a pas été facile d'obtenir certains renseignements... et ces plumes, je ne les ai pas ramassées sous le sabot d'un cheval, figure-toi ! Mais je saurai m'en souvenir...

— Nom d'un chien ! Mais qu'est-ce que tu veux savoir au juste ? !...

— Je veux savoir pourquoi vous n'êtes pas tombés sur le dos d'Higgins comme vous êtes tombés sur le mien !... m'excitai-je. Je veux savoir comment il s'y est pris pour sortir avec elle sans qu'on le voie boiter aujourd'hui, sans que les Conroy lui aient appris où était son devoir et l'aient traîné jusqu'à l'église, voilà ce que je veux savoir, par le Sang du Christ !... »

Il ramassa ses plumes, sans doute de peur qu'un coup de sang ne me fît commettre l'irréparable.

« Eh bien c'est simple... me confia-t-il. Higgins, lui, il l'avait épousée !... »

La partie était serrée entre Doug Donnett et Lou Conroy. Pour une fois, l'armurier ne caracolait plus en tête et les deux zigotos nous offraient un beau suspense. Il y avait foule, rassemblée sur le bord de la Waskanaka, en amont de la ville. Par moments, tout le monde retenait son souffle, même le vent s'arrêtait, et l'on entendait filer la soie, et presque un petit rien lorsque la mouche se posait à la surface. Les trois Conroy se tenaient derrière leur frère. Dès que celui-ci tirait un saumon hors de l'eau, Tom jetait son chapeau en l'air, Richard brandissait une béquille à bout de bras et George entamait une sorte de danse du scalp tout en prenant quelques notes sur son carnet de reporter. Doug les lorgnait du coin de l'œil, avec une moue dégoûtée et inquiète, tandis que sa femme regardait ailleurs.

Sarah voulait que nous retournions chez elle pour discuter, mais je lui répétais que je me sentais bien là et qu'il serait dommage d'aller s'enfermer par un aussi bel après-midi.

« Mais qu'est-ce qu'il y a ? !... grinça-t-elle entre ses dents, alors que Lou rendait un nouveau saumon à la rivière et que les Conroy nous avaient oubliés.

— Il n'y a rien... Pourquoi n'irais-tu pas te joindre à eux pour la photo de famille ?...

— Alors quoi ? !... J'ai quelque chose de cassé ? Est-ce que tu vois quelque chose sur mon visage qui ne te plaît pas ?... Ou je ne sais pas, moi, peut-être que ma peau est usée, peut-être que je porte la trace des hommes qui m'ont touchée ?... C'est ce que tu penses ?... »

J'essayais de profiter de la luminosité du ciel et de la fragile sensation de chaleur qu'un soleil lointain acheminait péniblement jusqu'à ma figure. Mais elle perturbait ma concentration avec ses histoires. Les yeux mi-clos, je réfléchissais à ses paroles. J'imaginais une femme s'abîmant à l'usage, aux lèvres patinées, au vagin distendu, et je devais reconnaître que Sarah n'y ressemblait guère. Il n'empêche que ça m'ennuyait de ne rien trouver à lui répondre. Et de me gâcher les dernières faveurs automnales par-dessus le marché.

Je tirai malgré tout quelque réconfort en apercevant le cimetière sur ma droite. Et aussi cette crapule de Lester qui me jetait régulièrement de sombres coups d'œil et enrageait de n'être pas à ma place mais seul avec son cigarillo, à piétiner sur la berge dans l'odeur des saucisses et des crêpes. Et Higgins, qui se tenait à l'écart, en compagnie des Frobisher et de quelques gars de la Patrouille, nous reluquant lui aussi de temps en temps, avec un sourire mi-figue, mi-raisin. Et combien d'autres encore ? Peut-être étais-je loin du compte… Je ne savais pas ce qui m'empêchait de courir en tous sens, et de hurler ma joie d'être celui qu'elle avait choisi. Il y avait là quelque chose d'incompréhensible, de quasi surnaturel, de profondément stupide.

J'étais donc là, à m'interroger sur les mystères du cœur humain, refusant un assaut qui risquait de tourner à son avantage — « N'avance pas un doigt vers la gueule qui pourrait t'avaler tout entier », disait mon frère — quand il se passa quelque chose du côté de la rivière. Des cris d'enfants, une bousculade sur la berge, des familles qui dévalaient dans cette direction.

Je feignis ne pas m'apercevoir qu'elle attendait une réponse à son boniment. Elle me considérait avec un air grave, presque solennel, s'efforçant de pénétrer à l'intérieur de moi par le seul pouvoir de ses grands yeux verts, ce qui révélait une certaine ingénuité de sa part, bien qu'ils fussent d'un rare et superbe velours.

« Qu'est-ce que tu fais, tu m'attends là ?... » déclarai-je en m'avançant vers le bord, sans me soucier qu'elle me suivît ou non.

Il y avait deux ours sur la rive opposée. L'un avait un pelage si blanc qu'il paraissait presque bleu à la lumière du jour. On aurait dit qu'ils se boxaient.

Ils étaient à peine à une cinquantaine de mètres. Pour le coup, la pêche au saumon n'intéressait plus personne, et Doug venait d'arracher sa casquette et de la fracasser à ses pieds. Il aurait pu l'avaler, s'il le désirait, personne ne lui aurait prêté un œil. Profitant de la bousculade, Sarah s'accrocha à mon bras et me pinça le biceps pour m'apprendre. Elle persistait à vouloir rentrer, mais je me sentais de taille à résister encore quelques minutes.

D'autant que le spectacle était intéressant, particulièrement de ce côté-ci de la rivière. Les gens riaient, se poussaient du coude, juchaient leurs enfants sur leurs épaules tandis que les deux ours, dressés sur leurs pattes arrière, continuaient leur numéro. Mais en y regardant mieux, l'ambiance était plus trouble qu'il n'y paraissait. Finalement, les rires sonnaient un peu faux et, sur chaque visage, l'on pouvait discerner une grimace fugitive. Qui se figea même un instant lorsque l'un des deux clowns perdit l'équilibre et bascula dans l'eau, brisant en mille miettes la glace qui couvrait les bords de la Waskanaka. Le mélange de fascination et de répulsion que distillait notre petite assemblée avait un goût désagréable. Et je le reconnus pour l'avoir déjà senti, en toute autre occasion à l'orée de certains quartiers des grandes capitales ou au fin fond de campagnes emplies de fourches. Personnellement, j'éprouvais un très fort sentiment d'humiliation morale s'il m'arrivait d'empester de la sorte. Cela avait beau être une réaction qui ne dépendait pas de ma volonté, je me sentais comme si j'avais fait dans mon froc et je me dégoûtais. Il y a tant de batailles à mener dans cette vie qu'il n'y a rien de plus prodigieux au monde que le parcours d'un honnête homme. Mais combien d'entre nous franchiront l'arrivée ? L'être humain est si désespérant par nature, si prompt à se rouler dans sa fange.

Doug Donnett jura qu'il allait tout plaquer si ça continuait. Lou, imperturbable, poursuivait sa besogne tant que les officiels n'avaient pas déclaré l'arrêt de la compétition. Quant aux ours, les avis étaient partagés. D'un côté, il y avait ceux qui, s'estimant suffisamment protégés par la rivière, ne voyaient pas d'inconvénient à ce qui se passait en face et murmuraient qu'on devrait laisser ces animaux tranquilles. De l'autre, on commençait à chercher des pierres et l'on demandait tout haut ce que Frobisher foutait.

S'ils étaient moins nombreux — par bonté d'âme, je rangeais ceux qui ne disaient rien dans l'autre camp —, les partisans du nettoyage par le vide se révélaient les plus bruyants. Lester, en particulier, le poing tendu vers notre chef, menaçait de ne plus payer ses impôts si l'on ne virait pas ces sales bêtes. On chuchotait, dans certain milieu sensible à la bonne réputation de Riverdale — et la ville ne faisait plus la une des journaux écolos en tant que ramassis de brutes et « misérables bouchers du dimanche » —, qu'il y avait un bon Dieu pour les brebis galeuses. Et que l'ours qui ne lui avait arraché qu'un bras aurait été bien avisé de mener son forfait jusqu'au bout, dans l'intérêt des deux parties.

Pour finir, Frobisher se hissa sur le toit de sa camionnette. Dans son dos, le ciel rosissait et sa chevelure blanche se soulevait dans la lumière. Higgins avait choisi de s'asseoir sur une aile, les bras croisés, le regard flamboyant. En dehors de moi, resté dans la foule et jouant au spectateur immobile avec la main de Sarah dans une poche de mon pantalon, la Patrouille au grand complet formait cercle autour du véhicule, afin d'épater la galerie. L'arme à la hanche, Frobisher tira un pétard en direction des ours.

« Ces deux-là n'avaient pas de billet d'hélicoptère !... » plaisanta-t-il en descendant de son perchoir et tandis que l'on s'esclaffait alentour.

Jusque très tard dans la soirée, Frobisher garda un léger sourire aux lèvres. Après son coup d'éclat, devant la ville rassemblée à ses pieds, il se laissait aller aux visions les plus optimistes quant à la bonne suite des opérations. Entre lui et Lou Conroy, qui était sorti vainqueur de la compétition — Doug avait refusé de venir prendre un verre —, c'était à qui tirerait la couverture de son côté. Le bar était plein. La liste était longue, de ceux qui offraient une tournée générale, de ceux qui tenaient à se montrer dans la cour de la famille Conroy. Annie et moi faisions la salle. Sarah servait au bar. Elle m'en voulait, car par ma faute, à force de répéter que rien ne pressait, nous avions laissé filer l'occasion d'un agréable tête-à-tête. Elle ne desserrait pas les dents, se raidissait quand je circulais derrière le bar. Si je comprenais bien, elle avait tout bonnement inversé les rôles. C'était à moi de gagner son pardon, à présent. J'y pensais, je considérais sa riposte d'un œil amusé, tout en m'activant d'une table à l'autre. C'était comme de jouer aux cartes avec un enfant et accepter qu'il triche parce que la partie en elle-même n'a aucune importance.

Parfois, j'allais respirer dehors. J'essuyais mon front. Ou je m'asseyais, ou bien je regardais en l'air. J'envoyais un signe à Ted et Howard qui remontaient lentement la rue dans un véhicule de la Patrouille. Au-dessus de son magasin, la fenêtre de Doug restait éclairée.

Les choses se compliquèrent dès le lendemain matin. Comme d'habitude, il faisait encore nuit lorsque j'arrivai à la décharge, mais, cette fois, rien n'indiquait que le jour ne tarderait plus à se lever. Le ciel était bas, sans profondeur, opaque, et de grands tourbillons d'air commençaient à se charger de neige et s'envolaient pardessus les toits. J'avais bu un café avec Jack Burry, le pompiste, en allant remplir mes jerrycans d'essence, et il m'avait promis qu'on en prendrait pour trois jours avant d'apercevoir une éclaircie.

Je n'avais pas beaucoup dormi car Sarah et moi avions fini par nous raccommoder sur le tard et j'en avais bâillé en me glissant par la trappe de sa cuisine et encore bien après, jusque vers les néons de la grand-rue. Au lieu de me réveiller, le froid m'engourdissait. Je dus me secouer pour ne pas rester là, à contempler les énormes tas d'immondices dont les lambeaux claquaient au vent, dans un vrombissement continu, mêlé au bringuebalement des boîtes de bière vides qui tournoyaient sur le sol. J'attrapai donc l'un de mes deux bidons à bras-le-corps et le vidai sur le pourtour de la décharge. Puis je continuai avec l'autre mais le débouchai alors face au vent et m'en pulvérisai une bonne giclée en pleine figure.

J'étais pourtant rompu à ce genre d'incident. J'avais passé ma vie à renverser du White Spirit, à buter dans la térébenthine, à m'asperger, pour un malheureux écart, de toutes ces saloperies plus terribles les unes que les autres, dont la seule inhalation de certaines m'avait à moitié tué. Mais cela ne signifiait pas que je m'y étais habitué, bien au contraire. Je détestais ça. Et pour cette raison, je fis un gigantesque bond en arrière. Et, à ce moment, la décharge s'embrasa d'un seul coup.

Le souffle en rabattit la capuche de mon anorak. J'avalai de force une énorme goulée d'air brûlant, plissant des yeux sous le jaillissement des flammes, et je reculai en vitesse. Dans la même seconde, le feu engloutit le dépôt d'ordures, tourbillonna dans le vent. J'aspirai alors une large ration de fumée noire. J'étouffai. Pleurai. Reculai davantage. Réalisai que je m'étais arrosé d'essence et cherchai aussitôt un endroit pour m'asseoir. D'une main tremblante, j'inspectai mon visage, m'avisai que mes sourcils étaient toujours en place, que mon crâne ne s'était pas couvert de cendres. Il me sembla toutefois que le poil de mes narines avait brûlé.

Je devais au moins une chose à Lester. Grâce

à lui, j'avais découvert un plaisir que je n'avais jamais éprouvé auparavant, et dont l'existence même m'aurait paru d'emblée une sinistre plaisanterie : je veux parler du bonheur d'être en vie, de se compter encore de ce monde après que la mort vous eut frôlé. Mais ma reconnaissance avait des limites.

Je rentrai, montai prendre une douche, puis descendis au magasin sans rien dire à personne. Je regardai Tom Conroy avaler son petit déjeuner, mais, décidément, je ne pouvais rien attendre de lui. Durant une partie de la matinée, je continuai de me creuser la tête : comment faire pour me débarrasser du manchot, étant donné que je n'avais, moi, personne pour accomplir le travail et que je ne désirais pas terminer mes jours en prison ?... Je tardais à trouver la solution, mais cela ne m'étonna qu'à moitié. Je m'étais tellement compliqué la vie, par le passé, que je me sentais décontenancé par un problème aussi simple. J'avais conscience d'avoir oublié qu'il y avait d'autres combats, d'autres difficultés à surmonter que ceux de la création, d'autres emmerdements que les tourments de l'âme. Je voyais très bien que je refusais d'envisager la chose, à savoir de zigouiller cette canaille de mes propres mains. J'espérais un secours du ressentiment et de la rage qui m'habitaient, mais je tournais en rond depuis des heures. Et ça ne promettait pas de s'arranger, car, lorsque Higgins entra, j'étais en train d'étudier la question sous un angle moral.

Pendant qu'il s'installait et que je prenais sa commande, l'idée me vint qu'un universitaire, un type nourri de livres et qui devait côtoyer les plus grands esprits de ce monde, pouvait m'éclairer sur cette difficulté, me fournir certains éléments qui demeuraient hors de ma portée et faillaient à mon appréciation théologique, partant de ce nouveau point de vue.

« Écoutez, John… démarrai-je en m'accoudant devant lui. Imaginons qu'un homme attente sciemment à vos jours, et ce, à différentes reprises…

— Impossible ! me coupa-t-il. Il y a déjà longtemps que j'aurais buté cet enfant de putain !… Mais voyons la suite… »

L'irruption d'Howard, au même instant, tandis que nous examinions certains concepts, nous fit l'effet d'un coup de grisou. D'autant qu'un tourbillon d'air glacé, tout frissonnant de neige, s'engouffra sur ses talons.

« Y a du grabuge du côté de la scierie ! Dis donc, sers-moi un café en vitesse… »

Je posai le pot de café sur le comptoir et filai à la réserve pour me changer. Sarah et Lou étaient plongés dans les écritures. Ils levèrent à peine les yeux sur moi, mais, tout en continuant à dicter des chiffres à son frère, elle prit soin de vérifier que les sangles de mon gilet étaient bien tendues.

En chemin, Howard nous expliqua que des ours s'étaient aventurés autour des piles de bois et qu'on leur tirait dessus. Il n'en savait pas davantage, car Frobisher l'avait aussitôt chargé de prévenir Higgins, sinon que la fusillade risquait de rabattre les ours sur la ville.

On n'y voyait pas grand-chose. Le vent s'était un peu calmé mais les flocons tombaient en rangs serrés sur un fond gris laiteux et les phares ne portaient pas à plus de quelques mètres. Howard écarquillait les yeux, Higgins les plissait en se mordillant l'ongle du pouce. Je me demandais si l'on pouvait provoquer un manchot dans un combat loyal.

Frobisher nous attendait devant la scierie, en compagnie de Tom Conroy. Derrière eux, le bâtiment sortait des limbes, éclairé par des lanternes que le mauvais temps réduisait à de simples lumignons jaunâtres, incapables de baigner autre chose que la façade. Les alentours avaient disparu. Il y avait des ombres, embusquées aux fenêtres. On tirait des coups de feu. Higgins jura entre ses dents et s'éjecta de la voiture.

Howard s'apprêtait à descendre, mais je le retins par l'épaule :

« Dis-moi, vieux... As-tu déjà songé à tuer quelqu'un ?...

— Ouais, et pas plus tard qu'hier, à l'angle de Jefferson ! Ce connard a bien failli m'arracher une aile !... »

Lorsque nous rejoignîmes les autres, Tom déclarait à Higgins qu'il s'agissait d'une propriété privée et il lui déconseillait de s'approcher davantage.

« En tout cas, je vous aurai prévenu...

— Mais qu'est-ce que c'est ici ? C'est le far west ? !... Attendez que je trouve un téléphone !...

— J'en ai un dans ma voiture.

— Alors on va rester les bras croisés, c'est bien ça ? !...

— S'il vous plaît, Frobisher... soupira Tom. Expliquez-lui qu'il peut aller se faire trouer la peau s'il le désire... Et pendant que vous y êtes, essayez de lui faire comprendre que ces gars-là sont mieux là où ils sont plutôt que d'aller s'exercer en ville. Quant à moi, ils peuvent continuer de tirer à l'aveuglette dans cette soupe et passer leur journée à la fenêtre si ça leur chante, c'est pas moi qui paye les heures de travail ni les munitions. »

Il nous quitta sur ces mots, tout fumant de mauvaise humeur. Mais après son départ, et bien qu'il le saluât d'un bras d'honneur, Higgins lui-même convint que Tom n'avait pas tout à fait tort.

Au retour, nous obliquâmes vers la Waskanaka. Si, comme nous le craignions, les ours chassés de la scierie avaient foncé droit devant plutôt que de revenir sur leurs pas, nous allions les retrouver en ville. Dans le fond de l'exploitation, il y avait un quai pour l'accostage de petits bateaux qui cabotaient jusqu'à York durant l'été, et c'était la seule issue. Nous longeâmes la palissade enclosant le terrain de la route jusqu'à la rivière, puis nous descendîmes à pied vers l'appontement afin de vérifier nos hypothèses.

Nous remontâmes en vitesse. Trébuchant et pestant sous la neige, comme des noceurs courant une bordée, nous regagnâmes nos véhicules. Frobisher appela Ted et Cookie par radio. Il les avertit que des ours arrivaient par l'est, au moins une demi-douzaine. « Et maintenant, écoutez-moi bien tous les deux !... poursuivit-il d'un ton plus grave. Il y a un animal de blessé, peut-être davantage me dit Higgins... Alors faites passer les consignes de sécurité, et au trot ! On y est jusqu'au cou, les gars !... »

D'ordinaire, c'était surtout la nuit qu'il fallait ouvrir l'œil. Dans la journée, la Patrouille se chargeait, à coups de pétards, de maintenir les importuns à distance et il n'arrivait jamais d'accident avant le coucher du soleil. Ceux qui bravaient l'obscurité à l'époque où les ours retournaient vers le nord choisissaient les nuits claires ou bien se déplaçaient en voiture. Ceux qui traînaient à pied dans le blizzard n'étaient pas pris en compte au niveau des statistiques. Il y avait eu huit morts au cours des trente dernières années, et une dizaine de mutilations, ce qui rendait les ours infiniment moins dangereux que de traverser la rue ou de manipuler un ouvre-boîtes.

D'une manière générale, ceux qui ne voulaient pas d'histoires restaient chez eux après la tombée de la nuit. Mais si le temps se gâtait en plein jour, comme c'était le cas à présent, tout le monde se trouvait logé à la même enseigne. « Et je vais même te dire un truc..., poursuivit Cookie, finissant ainsi de m'exposer la situation après un brillant rappel des grandes lignes. Ça paraît simple, notre boulot. Y a des gens qui s'imaginent qu'on se la coule douce, qu'on en fait encore moins qu'un moniteur de sports d'hiver... Ben je veux pas dire qu'on soit tout le temps sur les nerfs ou qu'on s'angoisse du matin au soir, mais prends un exemple comme aujourd'hui... avec une tempête pareille et un ours blessé qui se balade en ville, ben je te garantis qu'on est mal !... »

Nous attendions la sortie de l'école. Nous étions garés devant l'entrée, le fusil en travers des genoux et la radio grésillait. Que je ne me sentisse pas à l'aise était tout à fait exact. Je ne distinguais les gens qui s'approchaient de la voiture qu'au moment où ils penchaient leur nez à la portière. Dans ces conditions, je ne comprenais pas très bien comment nous allions nous y prendre pour assurer la sécurité des enfants, mais Cookie ramassait soigneusement chaque miette qui lui était tombée sur les jambes et il était pour moi comme l'hôtesse de l'air qu'on ne quitte pas des yeux au milieu des trous d'air et dont le calme vous redonne du cœur au ventre.

Avant de lâcher les enfants, le directeur vint s'assurer que nous avions les choses en main. Je me sentais toujours aussi nerveux, mais pour une tout autre raison : le trottoir et les marches de l'école grouillaient de parents en armes. À plusieurs reprises, et pressé de questions par ce troupeau aveugle, j'avais écarté le canon d'un fusil malencontreusement pointé sur mon ventre. Ils étaient ombrageux, dans l'ensemble, inquiets, pressés de rentrer chez eux. Leurs voitures étaient garées en tous sens, moteurs en marche, phares allumés. Parfois, des mères nous regardaient avec sévérité, comme si nous étions responsables de ce bordel.

En fin d'après-midi, nous n'étions pas plus avancés. Frobisher et Howard avaient coursé un ours jusqu'à la sortie de la ville mais ce n'était pas celui qui avait été blessé et, de ce côté, nos recherches n'avaient pas abouti. Il était pourtant dans les parages. Nous avions trouvé du sang sur Huron Avenue, et derrière la poste, de larges traînées comme s'il s'était roulé par terre, juste sous la fenêtre du bureau qu'occupait George Conroy. Ce dernier n'avait rien remarqué, sans doute occupé à compter l'argent qu'il me soutirait et plongé dans quelque mortification relativement indolore, de celles que l'on s'inflige en se frappant la joue avec de grosses coupures. Il essaya de nous retenir, mais nous étions pressés. Cookie lui demanda de lâcher son bras et ajouta qu'on se contrebalançait de son *Winnipeg Free Press*.

Je n'avais rien avalé depuis le matin. De retour au bar, transformé en quartier général, je comptais pour le moins me préparer un sandwich en attendant d'être affecté à une autre mission mais John Higgins me tomba aussitôt sur le dos et m'entraîna dehors. Lui n'avait pas décoléré depuis le matin, je supposais que son estomac était noué. « Désolé..., me dit-il en actionnant le démarreur. Mais je crains aussi que nous ne soyons pas couchés de sitôt ! »

Ils avaient installé des pièges autour de la ville. On aurait dit d'énormes boîtes de conserve en tôle ondulée, montées sur roues, avec un système de couvercle qui se refermait comme le couteau d'une guillotine. Il ne restait plus qu'à les appâter et Higgins nous conduisit sur le port, dans le hangar à poissons. Ted et le cousin d'Howard nous y attendaient, vêtus de grands tabliers de caoutchouc ruisselants et décorés de projections gluantes qui recouvraient déjà la fourrure de leurs bottes. On sentait qu'ils n'avaient pas apprécié leur besogne, mais l'on sentait également qu'Higgins pouvait exploser au moindre prétexte. Ils se contentèrent donc de nous accueillir par un sombre silence. Mais quant aux quartiers de phoque qu'ils venaient de débiter à la tronçonneuse, ils nous laissèrent nous en charger, déclarant tout haut, et accompagnant le geste à la parole, qu'ils devaient encore s'occuper du ménage.

On ne croisait pas que les voitures de la Patrouille ou celles de la police, au milieu de la tourmente. Des types s'arrêtaient à notre hauteur, l'œil allumé. Certains redémarraient en trombe, avec un mauvais sourire, dès qu'ils reconnaissaient Higgins. D'autres se présentaient, prêts à se mettre au service d'un général, dans le feu de la bataille. Ils étaient remplis d'ardeur mais devenaient rapidement soupçonneux quand Higgins leur demandait de rentrer chez eux et de nous laisser régler cette histoire. « Nom de Dieu ! Mais quelle bande de dégénérés !... » écumait-il, penché sur le pare-brise, cramponné au volant comme à des gorges.

Il détestait tous ces gens, comme il me semblait détester l'humanité tout entière au bout du compte. Sarah m'avait dit qu'elle avait divorcé parce qu'on ne pouvait pas vivre sans amour et que c'était un sentiment que John Higgins ne connaissait pas. D'après elle, c'était pourtant un gentil garçon, mais comme frappé d'une infirmité. Paraît-il que c'était un spectacle désolant que de voir les efforts qu'il faisait pour produire une étincelle dans son cœur. Le pauvre en trempait sa chemise et vous fixait avec un air implorant, mais tout était sec à l'intérieur de lui. « … Ou plutôt vide, avait tenté de m'expliquer Sarah. Tu comprends, il n'y avait rien à ressusciter. Il ne savait même pas de quoi je parlais… » Je l'observais à la dérobée tandis qu'il envisageait de les pendre par les pieds un par un ou « d'éliminer ces connards, purement et simplement ! ». J'espérais qu'il allait me toucher d'un coup de baguette magique. N'ayant pas d'aussi vastes desseins, je me serais contenté qu'il m'insufflât juste de quoi m'en rectifier un.

Nous étions en plein après-midi, mais le temps était si sombre que nous devions travailler sous les phares de la voiture, avec les six projecteurs branchés sur le toit. Higgins grimpait sur le piège pour s'occuper du système de fermeture et moi, je me glissais à l'intérieur avec mon beefsteak et le fixais à un croc, puis nous vérifiions que tout cela fonctionnait. Et, pendant ce temps-là, il n'y avait personne pour monter la garde. J'avais proposé que nous accomplissions notre tâche à tour de rôle, de manière que l'un de nous eût toujours un fusil entre les mains, mais Higgins prétendit que nous n'avions pas le temps de nous amuser.

« Qu'est-ce qu'il y a ? Tu as peur ?...

— Non. Je ne prépare pas d'exposition, pour le moment. »

Nous en finîmes avec notre besogne derrière chez Jack Burry, le pompiste. Celui-ci vint nous tenir compagnie malgré le vent et la neige. Il nous apporta même du café lorsque nous rencontrâmes quelque difficulté avec une targette qui se bloquait. Il nous faisait la conversation, nous expliquait comment il s'y prendrait s'il était à notre place, ne voyant pas d'autre solution que de déposer la serrure tout entière et nous le rappelant à chaque fois que nous échouions dans nos tentatives et que l'on disait un gros mot. Higgins avait beau lui jeter des coups d'œil de plus en plus meurtriers, l'autre ne saisissait pas le message et continuait de nous tenir la jambe.

Si bien qu'en entendant Burry pousser un long cri, j'imaginai qu'Higgins lui avait bondi dessus avec son tournevis. J'étais à la voiture, penché sur la caisse à outils et je traînais un peu car mon attention s'était portée sur l'état de mon anorak et je découvrais enfin d'où venait cette odeur de ranci qui me poursuivait depuis un moment. Le hurlement de Jack me sidéra, dans la mesure où je n'aurais pas cru qu'Higgins en arrivât à cette extrémité. Mais, me retournant, j'avisai ce dernier à mes côtés. Nos regards se rencontrèrent.

En trois pas, nous franchîmes un rideau de neige et aperçûmes notre serrurier-pompiste reculant et battant des bras. Il regardait en l'air, pour la raison que son agresseur devait mesurer dans les deux mètres cinquante, dressé sur ses pattes arrière.

« Mais couche-toi donc, imbécile !... » aboya Higgins.

Jack Burry esquiva un coup qui l'aurait sans doute projeté sur le toit de sa station-service ou simplement découpé en rondelles. Il gémissait et l'ours sifflait. Higgins s'était avancé et tâchait de détourner l'animal en criant et s'agitant dans son dos, mais ça ne donnait pas grand-chose. Je restai un instant paralysé, hypnotisé par le calvaire de Jack Burry qui semblait perdre l'équilibre à chaque seconde. Dès qu'il faisait un pas à reculons, j'étais certain que ce serait le dernier, qu'il allait tomber à la renverse et que l'autre lui réglerait son compte. Mais il se rattrapait in extremis, gagnant encore quelques poussières d'existence en ce monde cependant qu'Higgins et moi tardions à trouver la parade, l'un braillant et gesticulant, l'autre planté comme un piquet sous son petit chapeau blanc.

J'abattis l'animal d'une balle sous l'oreille. Jack Burry en profita pour s'étaler, lui aussi, dans un couinement aigu.

« MAIS PUTAIN ! MAIS QU'EST-CE QUE T'AS FAIT ? ? ! !... » hurla Higgins.

Il se précipita vers l'ours tandis que Jack Burry, se relevant et s'époussetant, me félicitait pour mon joli coup. Je lui dis de rentrer chez lui, le remerciai, tout en le reconduisant par un bras, car je pourrais désormais, parole de Jack Burry, me servir gratuitement à sa pompe jusqu'à la fin de mes jours. Puis je retournai auprès d'Higgins. Il était agenouillé devant la dépouille, la tête enfouie dans la fourrure. Moi aussi, j'aimais bien les animaux.

Dans la soirée, le bar était bondé. Côté magasin, c'était la grande affluence. Pendant que les types buvaient et discutaillaient à n'en plus finir, les femmes s'approvisionnaient à nos rayons. Sous l'œil satisfait de Lou, je vidais la réserve tandis qu'il vidait le bar. À tour de bras, j'empaquetais farine, poitrine fumée et haricots secs. On se serait cru en France durant la guerre du Golfe, sauf que les crétins souriaient à la caisse au lieu de prendre un air de constipé.

Nous avions réduit les patrouilles à la tombée de la nuit, épaulés par des gars de Tom Conroy qui croisaient également en ville, sur un océan laiteux. L'annonce de mes exploits avait donné un goût de sang à l'atmosphère des lieux, et subséquemment de frustration se traduisant par une plus vive coloration des voix et un rythme plus soutenu dans le renouvellement des consommations. Je sentais, au milieu des louanges, qu'on m'en voulait un peu d'avoir croqué le gâteau à moi tout seul et l'on parlait déjà de futures battues car le bruit courait qu'on en avait blessé d'autres au cours de la fusillade, il y en avait plus d'un qui vous en fichait son billet.

Higgins était effondré sur un tabouret du bar. C'était ainsi qu'on l'acceptait, fermant sa gueule et ne posant aucun problème. On serait presque venu le consoler si l'on avait eu un moment à perdre, quoique ça lui faisait les pieds. J'entendais quelques réflexions à ce sujet. On le regardait par-dessus l'épaule et l'on n'oubliait pas quel genre d'emmerdeur il était et comme il avait pu les leur casser avec ses ours. Quand tout allait bien, par temps clair, il leur tenait la dragée haute. Mais si les choses se compliquaient, si le danger devenait réel, si l'heure n'était plus à la rigolade, alors on jouait selon de nouvelles règles et il le savait. Ni lui ni personne d'autre n'aurait pu les empêcher d'agir comme ils l'entendaient. Et ce n'était pas un ours qui foutrait le bordel dehors — ce dernier propos flottant comme une banderole écarlate au-dessus des têtes.

Donc, il était effondré. Mais, grâce à l'alcool, il gardait un léger sourire. Il examinait son verre, qu'il tenait à deux mains, et se retournait quelquefois, quand le ton montait, pour contempler l'assistance. Sarah se tenait à sa hauteur, de l'autre côté du comptoir. J'avais l'impression qu'elle y prenait racine. Je les voyais discuter, tous les deux, avec l'air de ne pas y toucher. Je n'étais plus d'une jalousie féroce, comme lorsque j'étais jeune homme, car j'avais longuement réfléchi à la question, mais enfin il m'en restait quelque chose. On aurait dit qu'elle se découvrait pieds nus sur des braises quand j'arrivais derrière le bar. Elle regardait par terre, ou s'éclaircissait la gorge, ou rinçait un verre qu'elle venait d'essuyer. Je ne lui répondais pas si elle m'adressait la parole, je feignais de ne pas le remarquer et la laissais avec son vieux chewing-gum, puisqu'elle lui trouvait encore du goût.

« Il vaut mieux que toute cette bande d'abrutis !... s'énerva-t-elle en me coinçant dans la réserve, me barrant la sortie malgré que nous ne fussions pas encore mariés.

— Oui, je m'en suis rendu compte... lui répondis-je.

— Mais bon sang, qu'est-ce qui ne va pas ? ! Nous ne sommes pas des étrangers, lui et moi...

— J'aimerais que tu cesses de me demander

ce qui ne va pas. Demande-moi plutôt si j'ai l'occasion de me réjouir... »

Elle se pencha vers moi et m'introduisit la pointe de sa langue dans l'oreille. C'était l'un de ces doux supplices pour lesquels j'aurais tué père et mère.

« C'est drôle... Tu as comme un goût d'essence...

— Oh... Eh bien figure-toi que j'ai failli brûler vif, ce matin... »

Je ne lui en avais pas parlé pour ne pas l'inquiéter. Je lui racontai l'histoire, à présent, pour qu'elle sentît le souffle du boulet de canon qui l'avait épargnée, qu'elle prît conscience du grand bonheur de m'avoir encore à ses côtés et qu'elle se souvienne que rien n'est définitivement acquis dans cette vie. C'était pour le cas où elle se serait imaginé qu'elle pouvait me garder sous un bras. Erreur largement répandue, bien trop souvent commise, alors que déjà l'on n'avait pas assez de ses deux mains, sinon de ses quatre fichus membres, quand l'on tentait de saisir quelque chose.

J'obtins le résultat escompté, voire même une réussite au-delà de mes espérances. Il me fallut tout d'abord la calmer, l'empêcher de céder à l'impulsion du moment, qui était d'aller s'occuper de Lester séance tenante, mais elle finit enfin par me serrer dans ses bras, prise d'une frayeur rétrospective, et m'assura que j'étais le seul au monde, ce dont tout homme un peu sensé s'est avisé depuis longtemps.

Afin de lui montrer que l'incident était clos, et chacun se promettant de surveiller sa conduite, j'empoignai un instant les élastiques de sa culotte et les manœuvrai comme les fils d'une marionnette. Quoi qu'il en soit, j'aimais cette femme que je tenais par la taille, légèrement cambrée, dont les coudes prenaient appui sur des cartons de pêches au sirop, miraculeusement échappées à la triste razzia de tout à l'heure. Je la sentais grandir en moi, rayonner du centre vers les extrémités, se glisser dans les différentes couches de mon cerveau, sans qu'elle même se rendît tout à fait compte de la place qu'elle s'était taillée. Aussi me délectais-je des petits gémissements de soumission que je lui arrachais en manipulant ses dessous comme un seringuero pressé : j'y voyais le monde à l'envers, le bandit qui se transforme en agent de police, le chien promenant son maître, le vaincu recevant les lauriers. Il n'était pas rare, dans nos moments d'intimité, qu'un long sourire persistât sur mes lèvres. C'est toujours à la source de son propre cœur que l'homme puise les plus belles occasions de s'amuser.

L'idée m'effleura de me débraguetter sur-le-champ mais Lou passa son nez à la porte. Du moins était-ce, nous en convînmes l'un et l'autre, ce qui n'allait pas manquer d'arriver si jamais nous nous y mettions. Nous nous promîmes de régler cela un peu plus tard, conclûmes le marché d'une étreinte rapide, de serments chuchotés, puis elle retourna dans la salle et j'allai me rafraîchir dehors, juste sous le halo de la lanterne qui découvrait le seuil.

Le brouillard avait remplacé la neige, ce que l'on ne pouvait considérer comme une amélioration tangible pour nos affaires, encore que quitte à n'y rien voir, mieux valait qu'on ne fût pas obligé de porter des lunettes ou que l'on ne battît des cils comme une jeune fille effarouchée. Malgré tout, l'air était bon, vif et glacé, tout chargé de son long périple au-dessus de l'océan, ayant culbuté le sommet des vagues, puis s'étant aiguisé sur les terres du Grand Nord et parfumé au-dessus des forêts, froissant les tulipiers, les chênes, les ginkgos, les érables à sucre, les bouleaux, les trembles, les ormes, les châtaigniers, les mélèzes, les hêtres pourpres et différentes espèces de pins que mon ignorance m'empêchait d'identifier. Peut-être n'était-ce que cela qui induisait à la paix de mon esprit, qu'une trop forte oxygénation de l'air. Je me forçais, par moments, à me demander ce que je fichais là, mais c'était comme de planter une aiguille dans une peau insensible. Ni ma situation ni les événements qui se déroulaient autour de moi, si délirants qu'ils fussent, ne me tracassaient outre mesure. Il y avait des mois que je ne songeais plus à m'enfuir, avec ou sans Sarah. J'avais perdu l'absurde sentiment que le vrai monde se trouvait ailleurs, que la vie imbécile que j'avais connue était la seule alternative. Du temps où je plongeais vers la folie, dans le confinement de mon atelier, la simple évocation des aventures qui m'attendaient ici m'aurait fait hurler de rire, sinon tué dans un accès d'hilarité après qu'un long moment je me fus tordu sur le sol, pissant et suffoquant de plus belle. Je me serais passé de mes démêlés avec Bartirion, de mon naufrage conjugal, de la compagnie des cadavres que je fréquentais, du dégoût que je nourrissais pour ma peinture et qui finirait par m'achever, mais je n'aurais pas échangé toutes ces horreurs, ainsi que la superbe vue que j'avais sur la Seine et les jardins du Louvre, contre cette couillonnade au fin fond du Manitoba. Je repensais quelquefois, comme à présent, profitant d'un instant de calme, de l'air de la nuit et de l'odeur de Sarah sur mes mains, à ce drôle de type que j'avais été. Et je m'interrogeais sur le sens de tous ces pièges qui nous étaient tendus, à peine étions-nous au monde.

Un peu plus tard, je retournai inspecter nos installations avec Higgins. Cette fois, c'était moi qui conduisais car je ne tenais pas à finir dans la rivière. Il était saoul, mais pas complètement sonné, comme je n'allais pas tarder à m'en apercevoir.

« Comment se sent-on avec un million de dollars dans la poche ?... me glissa-t-il tandis que je quittais la route pour contourner la ville.

— Je n'en sais rien... lui répondis-je.

— Tu sais... ici on peut parler d'argent sans passer pour une fripouille...

— C'est simplement un bruit qui a couru. Bartirion avait quelques amis dans les journaux et j'avais dû me faire quelques ennemis sans m'en douter... “That's the way it is !” comme répétait Cronkite. Ce qu'on a oublié de dire, c'est que Bartirion m'en offrait davantage pour rester chez lui...

— N'empêche que tu vaux un paquet de fric...

— Eh bien, j'espère valoir un peu plus qu'un tas d'argent... Mais je ne peux rien affirmer... Il y a plus d'un an que je n'ai pas touché un pinceau et je ne me rappelle plus où j'en étais. Peut-être en plein brouillard, c'est difficile à dire...

— Est-ce que les Conroy sont au courant de ce que tu gagnes ?

— Écoute... L'État me prend soixante pour cent. Ma femme vingt. Mon agent dix. Les autres se partagent le reste. Bref, je ne suis pas une très bonne affaire, si c'est ce que tu penses...

— Alors bon Dieu, tu te l'es faite aux sentiments, simplement sur ta bonne bouille ? !...

— Ça dépend... Est-ce que je t'ai parlé de mes cartes de crédit ?... »

Chaque fois que nous nous arrêtions, c'était moi qui allais vérifier les pièges. Le temps qu'il ouvrît sa porte et posât un pied sur le sol, je reprenais déjà ma place derrière le volant. Il ne se sentait pas gêné de s'être documenté sur moi, il semblait même assez fier de la rigueur de son enquête et se plaisait à décortiquer certains épisodes de ma vie qu'on avait colportés à partir du moment où j'avais commencé à vendre ma peinture. Dans l'ensemble, tout ce que l'on avait raconté à mon propos était faux, ou à ce point déformé que cela n'avait plus aucune espèce de rapport avec la vérité. Il n'empêche que ce personnage que l'on avait créé s'était tout à coup imposé à moi, m'avait disputé la place, en sorte que je finissais par ne plus savoir moi-même lequel de nous deux était réel, ce qui n'avait pas été très bon pour mon équilibre mental mais apprécié par mon psychiatre et mon marchand de spiritueux.

« Tu vois, dans ce cas précis, ce n'est pas qu'on me prenne pour un type plein aux as ou pour l'assassin des petites galeries qui m'ennuie... c'est ce bras de fer qu'on m'imposait avec l'Autre et que je perdais à chaque fois. Je crois que mon problème venait de ce qu'au lieu de soigner mon image, j'avais envie de la démolir... mais c'était l'inverse qui se produisait. Tu sais, avec cette histoire, j'ai perdu l'estime de quelques peintres qui n'ont pas cherché à en savoir davantage... J'imagine qu'ils se font une gloire de manger de la vache enragée — tant qu'on ne leur a pas mis un contrat sur la table... enfin, toujours est-il qu'ils ne sont pas venus pour me féliciter... Personnellement, je n'ai jamais pensé que les soucis d'argent me faisaient du bien, ou qu'ils étaient la preuve et le garant de mon talent... »

Je l'avais à moitié endormi avec mes réflexions. Il piquait doucement du nez tandis que je m'arrêtais de nouveau et m'en allais examiner l'un de ces engins que nous avions disséminés aux endroits stratégiques, celui-ci se trouvant au croisement de Huron et de Upland qui conduisait tout droit à la décharge. Je m'en approchai donc, me grillant des œufs par la pensée et me strip-teasant Sarah pour le dessert, quand le caisson se mit à tanguer sur ses roues et sonner comme un gong.

« Très bien. Dépêchons-nous... » murmura Higgins qui venait de surgir à mes côtés. En moins de deux, il avait ouvert une petite trappe, y avait plongé un manche muni d'une seringue.

« On va l'embarquer en hélico... m'annonça-t-il en regardant sa montre. Mais je veux vérifier quelque chose. »

Quelques minutes plus tard, armé d'une torche, il se glissa à l'intérieur. Puis il m'appela à la rescousse, car il s'agissait de tourner l'animal sur le dos. « Nous nous connaissons bien, ce salopard et moi… » grogna-t-il cependant qu'arc-boutés aux ondulations de la paroi, nous conjuguions nos efforts pour mettre l'animal sur le flanc. « Ah ! Qu'est-ce que je disais !… s'exclama-t-il. Regarde-moi ça ! Je l'ai marqué pour la première fois en novembre 78 ! L'année ou Sarah et moi avons divorcé, entre parenthèses… » Chaque fois qu'il en avait l'occasion, il ne manquait pas d'allusionner à leur ancienne vie commune si j'étais dans les parages. Et, d'ordinaire, il me glissait alors un coup d'œil innocent. Qu'il ravala, cette fois, car la porte siffla dans les glissières et nous coupa de l'extérieur avec le claquement d'une détonation.

L'instant suivant, la figure de Lester s'encadra dans la petite lucarne, réjouie, folle et gesticulante.

« Alors, les deux crétins !… nous lança-t-il en tambourinant avec entrain sur la cloison. Comment vous vous sentez, là-dedans, bande de trous du cul ? ? !… Vous la voyez d'assez près, votre saloperie de bestiole ? ? ! !…

— Écoute-moi bien, Lester… je vais te donner un conseil… » soupira Higgins.

Mais Lester disparut. Puis de grands coups se mirent à pleuvoir sur la tôle, nous transportant sous le manteau d'une cloche, un dimanche de Pâques, où le sonneur serait devenu fou. J'en perdis un instant l'équilibre, piétinai un peu l'ours avant de me redresser d'un bond. Par la trappe, on voyait Lester qui passait, brandissant un morceau de chevron et matraquant notre habitacle avec la rage d'un forcené. Du temps qu'il soulevait son assommoir, on entendait les mots qu'il nous destinait en rugissant, ainsi que les encouragements de quelques autres qui se tenaient dans l'ombre. Grosso modo, il nous reprochait plus ou moins d'être au monde, nous et les grands ours blancs du Pôle. Nous le faisions vomir, le débections les uns et les autres, venait-il nous hurler au nez, tentant alors de nous frapper avec son bras disparu et venant heurter la paroi de son épaule. Il ne parlait pas de Sarah, bien entendu, mais les coups de pied qu'il décochait à notre engin, au risque de se flanquer par terre, et qu'il accompagnait d'un râle d'impuissance, révélaient qu'il y avait une femme là-dessous. D'ailleurs, d'autres détails le trahissaient, comme ce désir obsessionnel de nous assaisonner les couilles ainsi qu'il se le promettait, le poing serré sur la poitrine, à toutes les sauces imaginables.

Profitant d'une seconde où le souffle manquait à notre énergumène, Higgins évoqua les gros ennuis qu'il allait s'attirer s'il ne nous ouvrait pas tout de suite. Mais pour toute réponse, nous n'obtînmes qu'une nouvelle séance de matraquage, une avalanche de « bing ! » et de « bong ! » parfaitement détestable, d'une fréquence étonnante venant de la part d'un manchot ivre. Malgré tout, lorsqu'il nous abandonna, sa bruyante compagnie nous manqua, nous fit l'effet d'un léger pincement au cœur.

« Il faut dire que, euh... démarra Higgins en essuyant ses lunettes... eh bien lui et Sarah...

— Oui, je sais, le coupai-je.

— Ah, que veux-tu... cet imbécile a du goût.

— Et celui-là, dans combien de temps se réveille-t-il ?

— C'est un beau mâle, annonça-t-il en braquant la lampe sur la tête de l'animal. Six cents kilos bien pesés. Peut-être un peu plus de trois heures, quatre au maximum... Mais blague à part, j'ai rarement vu des mâchoires aussi impressionnantes !...

— *Compañero*... je suis ravi qu'elles te plaisent !... »

Frobisher arriva une heure plus tard.

« Mes amis ! Mes amis !... » répétait-il, tout perturbé d'une joie larmoyante, tandis qu'il besognait la serrure de notre quasi-tombeau. « Ah mes amis, Dieu soit loué !... Ah le scélérat !... »

Nous n'étions pas fâchés de nous dégourdir les jambes, nous n'aurions pas dit le contraire, mais pressés, ma foi, non, nous ne l'étions guère, du moins pas tant qu'on l'aurait supposé. Nous nous étions blottis bien au chaud, contre le ventre de l'animal, avions rabattu ses pattes sur nos jambes, en guise de couverture, et j'avais fourni les deux cigares que nous avions tétés tranquillement, la nuque renversée dans la fourrure de notre moelleux pullman. D'une de ses poches, Higgins avait sorti une flasque de bourbon et, bien que nous ne puissions tout à fait nous étendre, un vent doux avait tourné sur notre aventure, puis c'étaient des pétales de fleurs qu'on avait semés sur nos têtes quand, de son autre poche, Higgins avait tiré assez de seringues pour s'assurer du sommeil de l'autre durant les prochaines vingt-quatre heures.

Au cours de la conversation, nous nous étions découvert quelques souvenirs en commun, comme notre présence sur des lieux d'inondations, Florence en 66, la province de Grenade en 73, Rapid City, dans le Dakota du Sud, l'année précédente, et nous avions discuté de cette étrange attirance. D'autre part, nous nourrissions une passion commune pour Caravage, Chostakovitch, Faulkner et les femmes au pubis rasé. C'était d'ailleurs lui qui avait converti Sarah à cette charmante habitude, Sarah dont le nom émaillait nos échanges et à l'évocation duquel John Higgins faisait claquer sa langue. Il entama au reste, peu de temps avant que Frobisher ne vienne nous délivrer, le refrain d'une chanson de Calvin Russel : « There were roads I never travelled / There were turns I did not take / There were mysteries that I left unravelled / But leaving you was my only mistake. » L'obscurité et le vent sifflaient tout autour de nous. Notre situation et l'alcool donnaient à ses murmures des accents déchirants. Lorsque les phares de Frobisher pénétrèrent à travers notre petite lucarne, « duuurent touuute la viiiiie... » chantions-nous à tue-tête.

Il régnait une trop sale ambiance en ville pour qu'on pût, sans crainte, revenir au matin nous occuper de notre ours. Si nous voulions le retrouver en entier, mieux valait ne pas traîner, nous en convînmes tous les trois, de même qu'il n'était pas question d'utiliser l'hélicoptère par ce temps. On décida de le remorquer dans le garage de Sarah, celui de Frobisher servant pour le moment d'entrepôt à citrouilles que sa femme, aidée d'autres artistes du cru, sculptait pour le soir d'Halloween. Sans nous concerter, Higgins et moi débarrassâmes l'engin de son cocon de neige avant de le garer à l'intérieur, en hommes au fait que de tels petits riens pouvaient tout à coup vous rebondir au nez si l'on n'y prenait garde, comme d'entrer dans la chambre avec ses souliers crottés.

Avant de ressortir, Higgins se crut autorisé à promener distraitement la main dans les sous-vêtements de Sarah qui pendaient au fil, devant la chaudière. M'avisant de l'autre côté, considérant mon air malcommode, l'œil torve que je lui réservais, il cessa. Puis me toisa d'un sourire amusé :

« Merde… Est-ce que tu es sérieux ? !… »

Je devais l'être car il finit par soupirer.

« Que veux-tu que je te dise… Tu n'étais pas le premier…

— Ce n'est pas d'être le premier qui m'intéresse. »

Lorsque nous poussâmes la porte du bar, tout le monde se tourna vers nous en rigolant. J'avais beau avoir mon fusil à la main, de francs éclats de rire éclosèrent ici et là, s'accompagnèrent même de claquements sur les cuisses, contaminant les airs narquois, les petits sourires en coin, les gloussements timides, les fouettant comme une lourde mayonnaise : les comiques venaient d'entrer en scène. Lester était tourné vers nous, accoudé au bar, la grimace méprisante et le bonnet enfoncé jusqu'aux sourcils — son front mesurait deux centimètres — avec le pompon moqueur, dodelinant à mesure qu'il hochait la tête pour singer des ahuris de notre espèce.

Je sentis qu'Higgins, d'une nature plus prompte et plus emportée que la mienne, s'apprêtait à lui bondir à la gorge, après le court instant d'hésitation qui nous avait saisis au constat de notre accueil. Car déjà fusaient les lazzi, les bruits obscènes, les remarques visant certaine odeur de bestiau, que l'on ponctuait d'un frémissement de narines. Higgins me jeta un dernier regard, cramoisi.

Mais avant qu'il ne fixât de nouveau son attention sur Lester, mon coup de feu lui claqua aux oreilles, le coupant dans son élan. Du pompon de Lester, pulvérisé, il ne restait que quelques mèches en train de retomber doucement sur ses épaules, voletant autour de son visage devenu tout blanc.

Il s'ensuivit une bagarre générale, à laquelle Tom Conroy mit très vite le holà. J'eus toutefois le temps de me rendre compte que tous ne nous tombèrent pas sur le dos, que Lester était loin de n'avoir que des amis dans la salle.

À moins que les camps ne se fussent formés au hasard, par simple esprit sportif, autrement dit ne fallait-il jurer de rien.

Afin qu'il n'y eût pas de jaloux, Tom nous embarqua tous les deux, Lester et moi. Il nous fourra chacun dans une cellule, s'y résignant à mon égard sans état d'âme, sans l'aménité que j'aurais pu attendre d'un futur beau-frère — même si ce n'était pas pour demain — et sans daigner me répondre lorsque je lui demandai comment obtenir un sandwich à n'importe quoi. Il montra plus d'amabilité envers Lester. Ils discutèrent un moment à voix basse, mais je n'entendais pas. Néanmoins, j'étais au courant des bruits qui couraient — si un jour le sol s'ouvre sous nos pieds, nous basculerons tous en enfer, enchaînés les uns aux autres —, des bruits selon lesquels Tom devait de l'argent à Lester, ce qui permettait à celui-ci de faire ses conneries avec la bénédiction du chef de la Police Montée Royale du Canada. J'imaginais que Tom essayait de lui expliquer qu'il devait s'y coller pour cette fois, étant donné que l'histoire s'était déroulée en public et qu'à moins de se désavouer devant ses concitoyens, il ne pouvait se permettre deux poids et deux mesures. Il sautait aux yeux qu'ils se craignaient et se méprisaient mutuellement mais je me demandais s'ils n'allaient pas finir par danser un tango ensemble.

Avant de partir, Tom lui glissa un paquet de cigarettes et quelques numéros d'*Hustler* qui traînaient sur son bureau. Je déclarai que, quant à moi, s'il possédait un ou deux exemplaires de *Art in America*, j'en serais…

Le pas de Tom grinçait encore sur les marches de l'entrée, que, se tournant vers moi, Lester me montra sa gorge et feignit de la trancher avec son index. Je lui répondis sur le même ton, en mimant, à vitesse accélérée, le maniement d'un pis de vache que l'on eût trait à l'horizontale.

Il devait être aux environs de minuit. Durant un moment, Lester avait secoué ses barreaux, envoyé des coups de pied contre les murs, maudit la ville tout entière jusqu'à s'en briser la voix. Puis il avait démantibulé sa couchette, piétiné son matelas, déchiré ses magazines. J'avais passé suffisamment de temps derrière le bar pour ne pas m'en étonner. Je savais que l'alcool ne lui réussissait guère, Lou et moi l'avions ramassé plus d'une fois dans la sciure et reconduit chez lui, l'abandonnant dans sa baignoire, incapable de tenir sur ses jambes mais disposé à nous faire la peau, tous autant que nous étions. Quand il avait trop bu, il enrageait contre la terre entière. C'étaient les éructations d'un manchot. Même lorsqu'il brandissait le poing dans votre direction, on avait l'impression qu'il était ficelé et fussiez-vous donc émotif, faible ou très lâche, il ne vous réduisait pas à décamper, n'étant pas outillé pour vous y contraindre. Ainsi, toutes les rancœurs qu'il avait accumulées dans la journée, et aussi longtemps qu'il restait à jeun, jaillissaient à grands flots dès qu'il se mettait à boire. Cela ne rendait pas sa compagnie très amusante, surtout si l'on était coincé dans la cellule voisine, sans espoir de sortie avant le lendemain matin. Je n'avais pas poursuivi la conversation que nous avions entreprise au début, considérant son handicap. Ni n'avais répondu à ses apostrophes, pas plus qu'au concours de crachats dans lequel il avait essayé de m'entraîner, ses tristes glaviots franchissant à peine le couloir qui nous séparait.

Il s'était fatigué quand la porte s'ouvrit. Depuis un bon quart d'heure, à quatre pattes sur le sol, il tentait de reconstituer un vagin qu'il avait réduit en pièces, une double page couleur dont le détail était plus grand que nature. Le vent, en s'engouffrant, éparpilla la motte dans les airs, fit voler une réclame sous mes pieds : « TRENTE CENTIMÈTRES GARANTIS ! SATISFAIT OU REMBOURSÉ ! » Était-ce au repos ? Je n'eus pas le temps de m'informer davantage, car déjà l'on apportait Tom Conroy, inconscient, et le ripait tout du long de son bureau, balayant ce qui se trouvait dessus de son grand corps amolli et couvert de neige.

Frobisher en avait les yeux qui lui sortaient de la tête. Il marcha droit vers moi comme un zombi, la mâchoire tombante, ne prêtant pas la moindre attention aux singeries de Lester qui venait de pousser un long rire de dément.

« Seigneur ! C'est comme en 61... gémit-il en parvenant à mes barreaux.

— Vous étiez à Paris ?... m'étonnai-je.

— Cinq de tués dans la seule nuit du 17... ! poursuivit-il d'un air égaré. La Grand-Rue était rouge de sang !... »

Tandis que l'on giflait copieusement Tom Conroy — certains y revenant même à deux fois —, Frobisher prit sur lui de me faire libérer, arguant de ses faibles effectifs et de sombres considérations entropiques relatives à la situation. Selon lui, l'attentat commis contre Tom — un gnon balancé derrière la tête, venu d'on ne savait où — était de mauvais augure. La fameuse nuit, décrite quelques instants plus tôt, ne s'était-elle pas flanquée d'un chef de la police ivre mort — même qu'on lui avait pissé dessus ? L'appétit coupé, l'esprit ailleurs, il me céda volontiers le sandwich qui pointait hors de sa poche, dans son écrin de polystyrène gaufré aux couleurs de Lou.

Il neigeait de nouveau, mais avec une indifférence légère, un souci de modération et de lenteur amusée. Ce à quoi Frobisher restait parfaitement insensible. Il conduisait avec brutalité, évoquant à voix basse les souvenirs de cette nuit infernale où l'on avait traîné les cadavres, dont celui d'une femelle gravide, d'un bout à l'autre de la ville, dans le sillage de camionnettes zigzagantes. Des années durant, la ville avait gardé l'image d'un repaire de brutes et d'attardés mentaux, et voilà que l'étiquette leur pendait au nez, menaçait de les marquer une fois encore, à trois décennies d'intervalle !... Il en gémissait par avance, en grimaçait de honte. Des types qu'il avait connus hauts comme ça et que rien ne différenciait de leurs aînés, à croire que l'on tournait en rond, que tout se transformait, s'usait ou naissait ou bougeait ou régressait ou évoluait ici-bas, mais pas la nature de l'homme. Il était si absorbé par les discours qu'il me tenait qu'il faillit renverser John Higgins, surgissant de derrière l'un de ces maudits pièges.

« AAAHH ! ESPÈCE DE CON ! ! !... » hurla Higgins. Si j'avais douté que l'heure fût aussi grave que le prétendait Frobisher, la réaction d'Higgins m'ôta toute illusion à ce sujet. Et comme j'allais m'en apercevoir, il n'était pas le seul à avoir les nerfs tendus. Pendant que Frobisher repartait en ville, je l'aidai à accrocher le piège derrière sa voiture. On entendait griffer et siffler à l'intérieur. Higgins ne cessait de jeter des coups d'œil autour de lui, fouillant l'obscurité avec sa torche. Voyant que je l'observais, il me braqua sa lampe dans la figure. « Tu veux savoir ce qui se passe ?... Il y a un ourson dans les parages... et un tas d'abrutis qui se promènent dehors... Elle t'a sûrement dit que j'étais sans cœur, n'est-ce pas ?... Eh bien c'est comme ça... on ne s'arrange pas en vieillissant. Le monde est si dégueulasse qu'il finit par attendrir les pierres... »

Comme les événements se précipitaient, il n'était plus question de se servir du garage de Sarah en attendant une embellie. Pour le moment, il fallait renoncer à utiliser l'hélicoptère. Ne pas tenter d'entreprendre quoi que ce soit d'intelligent dans une ambiance pareille. Ainsi, relâcher un ours à cinq ou six kilomètres de la ville n'était pas une solution, mais nous n'en avions pas d'autre. Nous nous arrêtâmes près d'une porcherie désaffectée. La route n'allait pas plus loin. On apercevait encore les lueurs de la ville, mais peut-être n'était-ce qu'une impression, une illusion créée par le sentiment que nous donnions un coup d'épée dans l'eau. Soixante kilomètres étaient la bonne distance, m'expliqua Higgins tandis que je grimpais sur la remorque. Se poser sur la banquise après un bond dans le ciel bleu. Il faisait froid et sombre et je dus enlever mes gants pour actionner le système d'ouverture. Fumer une cigarette au soleil, comme au commencement du monde, pendant que l'animal se réveille et se remet de son petit voyage. La femelle s'était cassé une dent contre un barreau et elle nous cracha du sang à la figure en sortant. Goûter la joie d'un travail bien accompli, gratifiant, utile et remonter dans l'hélico après avoir salué le grand ours blanc qui disparaît vers le nord. Elle refusa de s'éloigner, se dressa sur ses pattes arrière et Higgins dut tirer plusieurs fois en l'air en hurlant : « MAIS PUTAIN ! MAIS QU'EST-CE QUE C'EST QUE CE TRAVAIL ? ! !... » Ça, nous n'étions pas en train de bucoliser. Pas plus que de nous féliciter pour avoir accompli une fameuse besogne. « Tu veux parier qu'on la retrouve en ville avant le petit matin ? !... » grogna-t-il pendant que nous faisions demi-tour. « Et tu veux savoir ce qu'ils vont foutre avec leurs battes de base-ball si jamais ils tombent sur l'ourson ? !... » Ce disant, il balança un coup sur la boîte à gants. Qui s'ouvrit en lui envoyant son trop-plein de sucre sur les genoux, une poudre scintillante, comme la pluie d'une baguette magique. Mais l'heure était plutôt à l'amertume, la nuit ne s'était pas changée en pain d'épice. Il n'y avait ni hélico, ni ciel bleu, ni cigarette à fumer et encore moins de sourire aux lèvres. Il ne restait qu'un beignet que Cookie avait oublié là, preuve que les choses allaient mal.

Nous retournâmes au bar pour faire le point. Vert de rage, arrachant son bonnet de sa tête comme s'il s'agissait d'un essaim d'abeilles, Higgins lança à la cantonade que, s'il comprenait bien, la ville était aux mains d'une vingtaine de tordus et l'on attendait que ça se passe. Le ton fut aussitôt donné. Il n'y eut que Tom Conroy pour ne pas s'exciter : un bandage autour de la tête, il vacillait sur son siège en souriant au plafond. Gregory H. Duddley, son adjoint, tentait d'assurer l'intérim, mais il sortait d'une mauvaise grippe et sa femme comptait un frère parmi le bataillon des fous furieux, ainsi qu'un cousin en la personne de Lester, ce qui semblait lui compliquer la tâche. Quand il n'enjoignait pas Higgins de mesurer ses paroles, il regardait sa montre ou son chef, avec l'espoir de passer la main le plus vite possible. L'autre lui ricanait sous le nez, lui promettait les foudres de la communauté scientifique, les gros titres des journaux et la visite de Earth First — « le cauchemar de tous les trous du cul de cette espèce », m'avait-il confié sur le retour, comme nous croisions une camionnette de types en armes.

J'observais Sarah pendant ce temps. On avait abattu un ours sur Upland, un autre à l'angle de Springfield, on avait assommé le chef de la Police Montée Royale du Canada et des bandes sillonnaient la ville avec d'autres méfaits en tête, mais c'était le visage de Sarah qui m'intéressait. J'y cherchais le mystère qui m'émouvait et non les signes de la manière dont elle réagissait aux événements. Je me demandais, depuis déjà un petit moment, si Higgins n'était pas sur le point de la conquérir de nouveau. Je me demandais comment j'allais prendre ça, au cas où cette épreuve m'écherrait. J'étais conscient de laisser le champ libre à mon rival, de me tenir trop en retrait alors que d'autres entamaient un joli forcing. Le danger venait sans doute de ce qu'il avait un cœur à présent. Peut-être y avait-il de quoi se sentir gonflé à bloc.

J'éprouvais une joie sombre à la pensée que tout pouvait s'écrouler autour de moi. C'était un sentiment imbécile, que j'avais apprécié dans une vie antérieure mais dont je croyais m'être affranchi une fois pour toutes. Ne dit-on pas que même débarrassé du joug, le bœuf continue de secouer la tête ? Un instant, l'idée m'effleura de m'en aller asticoter Lou afin qu'il me rétablisse, me sorte des vapeurs de ma mortelle inclination. Je me sentais mûr pour basculer derrière le comptoir ou passer au travers d'une fenêtre mais je compris bien vite que le moment était mal choisi : Higgins était au meilleur de sa forme, la colère le taillait dans du roc, le grandissait, son regard était enflammé, sa voix forte et il se tenait dans la lumière du grand lustre dont, la veille, j'avais changé moi-même les ampoules défectueuses. J'avais l'impression que Sarah le regardait d'une drôle de manière. Eût-il été judicieux, dans ces conditions, alors que l'autre était sous les feux de la rampe, d'aller me faire dérouiller dans l'ombre, de me traîner par terre quand l'autre était plus que debout, accaparant toute l'attention ?...

Quoi qu'il en soit, je n'étais pas seul à chercher mon chemin. Ils avaient continué de se chamailler tandis que je rêvassais, mais personne ne savait comment nous allions nous sortir de ce pétrin. Duddley répétait avec un air fuyant qu'il n'avait ni les moyens ni le droit d'arrêter des types qui, jusqu'à preuve du contraire, ne se payaient qu'une petite balade nocturne, exercice qui ne tombait pas sous le coup de la loi. Pour le reste, il lui fallait des preuves. Si l'on entendait quelque détonation lointaine, il remuait sa chaise ou se raclait la gorge, il se serait assis dessus s'il l'avait pu. Quant à Higgins, il abattait son poing sur la table.

Il y avait longtemps que les honnêtes gens étaient partis se coucher, laissant aux autorités le soin de se débrouiller avec cette histoire. Mais, parmi les quelques insomniaques discutaillant encore ici et là, on pouvait avoir une idée du sentiment général, à savoir qu'on n'aimait pas ce qui se passait dehors, et l'on n'hésitait pas à déplorer qu'une bande d'énergumènes menât un tel cirque en plein Riverdale. Ainsi Doug Donnett, en froid avec sa femme et boudant depuis un moment le lit conjugal, se tenait-il devant la fenêtre, marmonnant que c'était une honte de voir une chose pareille. Ce qui ne signifiait pas que l'on était prêt à recevoir un coup de fusil pour y mettre bon ordre. Et si jamais on les poussait un peu, ils vous laissaient entendre à demi-mot qu'au bout du compte, tirer sur un ours n'était peut-être pas non plus le plus effroyable de tous les crimes si l'on allait par là. « Moi je vous dis qu'ils sont en train de se fatiguer… » glissa Duddley, profitant d'un silence qui s'étendait jusqu'à la sortie de la ville. « Et puis vaut mieux que ce soit cette nuit que la prochaine… Vous imaginez ça le soir d'Halloween ? !… »

Je quittai discrètement la salle, ce qui ne fut pas difficile car Higgins prenait la parole à son tour. Cela me rappelait certaines soirées parisiennes où l'on se mêlait de l'art jusqu'à la nausée, où des types qui n'auraient pas ramassé une vieille sur le trottoir feignaient de vouloir s'étriper au nom de l'avant-garde. J'étais souvent trop saoul, à l'époque, pour parvenir à m'éclipser sans être remarqué, sans finir par me montrer désagréable. Mais, ce soir-là, je disparus comme une ombre, me faufilai par la porte de la réserve comme une limande à travers la fente d'une boîte aux lettres et personne ne me suivit.

Je retournai à la voiture. J'exécutai une marche arrière pour éviter de passer sous les fenêtres du bar — sous le nez d'un Doug Donnett cherchant l'inspiration —, puis coupai par Lincoln en roulant au pas, satisfait du silence et du siège vide à mes côtés.

Il était deux heures du matin. Perdre sa fiancée dans ces eaux-là vous causait un mal indéfinissable, particulièrement difficile à situer. J'aurais dit les jambes, mais peut-être sentais-je quelque chose au niveau du ventre, ou là, juste au milieu du dos. Ce n'était pas une de ces douleurs aiguës qui vous frappaient en plein jour, non, c'était plutôt comme un poison très lent qui agissait par paliers et qu'on aurait coupé d'euphorisants car la plongée se déroulait sans heurts, dans le calme et la résignation. Je m'efforçais d'être beau joueur, ne voyant pas ce que le contraire m'eût apporté. Je conduisais à la vitesse d'un enterrement, le brouillard tendant les rues de mousseline et de crêpe. J'essayais de ne pas penser à ce que j'allais perdre. J'essayais de fixer mon esprit sur la moisson que j'avais faite au cours de cette année, sachant combien elle m'avait été bénéfique, chère et abondante, bien plus généreuse que je ne l'avais mérité. La douceur des jours que j'évoquais, la tiédeur de certaines images, la tendresse moelleuse de la neige s'étalant sous mes roues concouraient à dorer mon calvaire d'un vernis bucolique. Ah ce Christ que l'on emportait sur un char, sous des pétales de roses, saignant et souriant à la fois, ayant tout perdu et tout gagné, s'il avait bien compris.

Je ne savais pas pourquoi je me trouvais dans cette voiture, mais lorsque je débouchai sur Huron et rencontrai le premier piège que nous avions installé, je m'arrêtai machinalement et descendis pour y jeter un coup d'œil. Il était vide, ce que je ne manquai pas d'interpréter comme un signe qui m'était destiné. Les deux suivants l'étaient aussi. Je n'aurais pas su dire à quoi rimaient mes faits et gestes mais il semblait que je fusse en train d'effectuer le tour de la ville pour quelque raison obscure ou juste par habitude. Je comptai trois ours abattus sur mon chemin. C'était une nuit pleine de mélancolie pour moi, désolante jusque dans ses moindres détails. À cet égard, je pouvais me féliciter de la manière dont je menais les choses : quel décor plus funeste aurais-je pu m'inventer, quelle occupation plus adéquate que cette ronde inutile pour accompagner ma disgrâce ?

Je ne les cherchais pas mais je tombai sur eux, en aval de la Waskanaka. Je coupai le moteur et les phares avant qu'ils ne m'aient repéré, puis je m'allumai le demi-cigare que j'avais entamé plus tôt, à une heure où je croyais encore qu'elle était à moi. Je les voyais assez bien d'où j'étais. Ils avaient rangé leurs voitures au bord de la rivière, branché les projecteurs fixés sur les toits et ils attendaient. Ils se réchauffaient à un brasero enluminant leurs mains et leurs figures, je les regardais boire et chahuter, barrant la route que la plupart des ours empruntaient pour traverser la ville et pissant droit devant eux comme si cette nuit les sanctifiait.

Je ne bougeai pas durant un bon moment. Je continuai de les observer en finissant mon cigare, laissant mon esprit vagabonder et mon corps se refroidir en prévision des nuits lugubres qui seraient bientôt mon lot. Ensuite, je me glissai hors de la voiture. Et il y aurait aussi, me disais-je, des journées sans commencement ni fin, à demi mortes. Je me déplaçai un peu sur la gauche, me couchai dans la neige, la crosse de son Mauser — me le prêterait-elle de nouveau ? — contre ma joue. Des nuits et des jours qui n'allaient pas me rendre la vie facile, me tordraient un bras dans le dos. Avant qu'ils n'aient le temps de comprendre ce qui leur arrivait, tous les projecteurs avaient volé en éclats, et la moitié des pneus pendant que j'y étais. Dieu m'était témoin que je ne prenais pas la chose à la légère et que je la regrettais déjà de tout mon être. La tête de Lester demeura quelques instants dans ma ligne de mire, mais je n'avais plus le goût à rien et me relevai en soupirant. Sans compter qu'elle pourrait très bien me téléphoner six mois plus tard pour me demander comment j'allais.

Le lendemain matin, je fus réveillé par Lou qui cognait à ma porte. J'ouvris les yeux dans un rayon de soleil, grognant que j'arrivais, et, me dressant avec beaucoup de mal sur un coude, je découvris Sarah à mes côtés. Puis je réalisai que j'étais encore habillé, que le coup de lance dans mon flanc provenait de ce que j'étais couché sur une bouteille de Famous Grouse, vide, et qu'elle s'était endormie dans mes draps. Je n'étais guère en mesure d'appréhender la situation, mais les pas de Lou s'éloignant dans le couloir me soufflèrent qu'il y avait un temps pour tout. Aussi, ne cherchant pas d'explication, me déshabillai-je en vitesse et fis-je voler les draps.

Pressé, mais conscient que je la possédais sans doute pour la dernière fois, j'en conçus un bonheur douloureux. Au plus fort de notre étreinte, je songeais à toutes les positions que nous n'avions pas exécutées et que l'urgence m'empêchait de rafraîchir, me privant de souvenirs minutieusement gravés dans ma mémoire, mes seuls amis, mon seul réconfort lorsque tout serait fini. J'étais si occupé à enregistrer ses moindres réactions, la couleur de sa peau, le poids de ses cheveux, la longueur de ses jambes, son regard, son souffle, ses manies, que je ne desserrais pas les dents. Pas plus qu'elle, que j'avais tirée de son sommeil et aussitôt mise en selle, ne me bredouillant que de vagues gentillesses dont je ne me souciais pas une seconde. Aussi bien, que nous serions-nous dit d'intelligent ? De quelles paroles aurais-je pu l'ensorceler pour la ramener à moi, quels vains discours ont jamais fléchi le cœur d'une femme, blague à part ?

Je la dispensai d'une confession désagréable en me rhabillant à toute allure. Une fois encore, je la photographiai, dans le désordre du lit, zoomant, avec un spasme incoercible, sur son glabre entrecuisse et posant un doigt sur ma bouche pour la prier de me laisser emporter son sourire à la place des sombres adieux qui risquaient de lui venir aux lèvres. Glissant un ultime coup d'œil à la chambre ensoleillée — il semblait qu'on se fût mis en quatre pour que ma mémoire me réchauffât durant des siècles — et y prélevant un échantillon de senteur corporelle que je me promettais de conserver le plus longtemps possible, je me résignai à quitter les lieux. Puis je me ravisai, bondis sur elle et la mordis à la cuisse, c'était tout ce que j'avais à dire à Higgins.

Elle poussa un cri, me demanda en riant si j'étais fou. Je la quittai sans rien répondre.

L'estomac noué, je pénétrai dans le bar et tombai sur ma femme. Mais ma surprise ne dura qu'une seconde, le temps que me revienne à l'esprit le long coup de fil que nous nous étions donné la veille, même que je n'étais pas très en forme.

« Bon sang, Liliane !... fis-je en écartant les bras et lui souriant de tout mon cœur. Mais je ne t'attendais pas aussi vite !...

— Cinq heures et demie de New York, montre en main !... » me déclara-t-elle, rayonnante.

Il y avait plus d'un an que je ne l'avais pas vue, et malgré les heures pénibles que j'avais traversées, je me sentis presque joyeux de la tenir dans mes bras. Puis je m'aperçus que Lou se grattait la tête.

« Lou, mon vieux, je te présente ma femme…

— Oh… roucoula-t-elle en lui tendant sa main. Ainsi, c'est ce monsieur qui te fait des misères… ? »

Lou, visiblement sous le charme de Liliane — il me demandait souvent à quoi ressemblait une Parisienne —, prétendit que j'avais sans doute exagéré. Le bar était vide, baigné de lumière comme en plein été. Il n'y avait que la femme de Richard Conroy au magasin, attendant qu'Annie lui pesât son habituelle ration de haricots secs et nous toisant avec ce teint pâle de ceux qui souffrent d'entérite.

Liliane avait faim. Nous l'installâmes à une table que le soleil illuminait, que les carreaux bichonnaient de tiédeur. Je lui caressai la joue une fois encore, puis j'allai aider Lou pendant qu'elle s'étirait, jetait autour d'elle des regards amusés.

« Dis donc… Je croyais que vous ne pouviez plus vous blairer !… me souffla-t-il.

— Oui, c'est exact… Mais ça s'est arrangé après notre séparation. »

Lou se lança dans un divin concert de pancakes et petits chaussons à la crème, habilement passés au four, qui lui valut les « Mmmm… ! », yeux fermés, de ma femme, ainsi que mes propres compliments.

Durant un instant, elle disparut dans les toilettes.

« Alors… ça signifie que pour ton divorce…

— Je ne sais pas, Lou… Il faut que j'en parle avec elle…

— N'empêche qu'il y a quelque chose que je comprends pas… Tu savais jamais où elle était au juste, on a jamais réussi à la joindre… Tu peux m'expliquer comment ça se fait qu'elle débarque ici un beau matin ?…

— Bon Dieu, Lou… mais tu me demandes de ces trucs !… »

À son retour, j'attendis quelques minutes, le temps que Lou lui fît un brin de conversation, car je ne me sentais pas le cœur de lui ôter ce plaisir. Puis j'emmenai Liliane à la découverte de Riverdale, avec cet étonnant ciel bleu au-dessus de nos têtes et des gens qui discutaient d'une maison à l'autre tout en balayant la neige devant chez eux.

« Tu es pressée ?

— Oui, Paul m'attend ce soir à Chicago… Mais je tiens absolument à la voir…

— Mmm… tu la verras. »

Nous avions des choses importantes à nous dire. Mais, en même temps, je ne pouvais m'empêcher de regarder autour de moi, au point que parfois j'avançais en tournant la tête. J'acquiesçais à certaines remarques sur ma bonne mine, ma bonne santé, lui relatais quelques épisodes de ma vie au grand air, mais l'autre partie de mon esprit était occupée par ce que je voyais : des hommes et des femmes qui se montraient à leur balcon, installaient leurs citrouilles sous les porches, se saluaient en envoyant de grands gestes de satisfaction vers le ciel et brossaient leurs chapeaux comme si de rien n'était, comme s'il ne s'était rien passé durant la nuit, comme si leur sommeil avait été profond.

Nous passâmes devant chez Jack Burry, plongé, avec Lester et sa bande, dans des travaux d'éclairage et réfection de chambre à air qui semblaient s'exécuter dans la mauvaise humeur. Ils sifflèrent un peu Liliane pour la forme. En chemin, je lui présentai le maître d'école, grimpé sur une échelle, Doug Donnett, astiquant sa vitrine, la femme de Frobisher, celle d'Howard quittant l'Hôtel de Ville, après une visite au Planning familial, Tom Conroy, la tête enrubannée, de larges cernes violacés sous les yeux, qui salua Liliane sans comprendre, d'autres encore, et George Conroy que je transperçai par surprise et qui fila comme un lépreux après que, tandis qu'il baisait la main de Liliane, je l'eus désigné comme la fripouille qui volait mon argent.

« Mais ce sont tes propres paroles... me dit-elle, comme nous marchions vers la rivière. "Jure-moi de ne pas m'accorder le divorce, même si je te le demande à genoux !" Et je te l'ai promis, souviens-toi, c'est bien ce que tu voulais ?...

— Oui, je sais... mais j'y ai réfléchi pendant toute une année. Ne crois pas qu'il s'agisse d'une brusque folie, ne t'inquiète pas pour ça... Hier, lorsque je t'ai appelée, j'étudiais l'hypothèse où elle me quittait et je n'ai pas trouvé ça très drôle... »

Nous nous arrêtâmes devant la berge. L'eau coulait sous une fine pellicule de glace, miroitait le long d'une crevasse tourmentée où la neige avait fondu. Je lui dis qu'il y avait des obstacles qu'il ne fallait pas essayer de franchir, si l'on y réfléchissait. Puis j'enfonçai mes mains dans mes poches et me tournai vers elle en écartant les coudes de mon corps.

« Que veux-tu... ce matin encore, je me figurais que c'était la dernière fois que je la prenais dans mes bras... Liliane, je suis un type qui a regardé son bûcher tournoyer dans les flammes... et tu peux sourire, mais regarde-moi bien, je ne vais pas y retourner... Bon sang, si elle tient tant à m'épouser, qu'elle le fasse ! Tout le monde n'en est pas mort !... »

Elle repartit avant la tombée de la nuit car Paul avait besoin de son Gates Learjet 36 A pour traiter une affaire en Alaska dès le lendemain. Elle fit tout de même la connaissance de la Patrouille au grand complet, rassemblée autour de la pelle mécanique. Ils en avaient fini de fossoyer et se préparaient à enfouir les sept cadavres d'ours qu'on avait relevés au matin, un score qui laissait Frobisher sans voix, égaré, peu solide sur ses jambes. Elle rencontra également Higgins sur l'aérodrome, de retour d'une virée en hélicoptère. Il venait de relâcher un grand mâle à une cinquantaine de kilomètres au nord, une superbe balade à l'entendre, un lumineux océan de glace, une féerie à vous couper le souffle qu'il se proposa d'offrir à Liliane séance tenante, ajoutant, avec un œil de velours, qu'il devinait chez elle une inclination pour les sensations fortes. Elle n'avait pas le temps malheureusement. Je le regrettais, moi aussi, car Higgins ne savait pas à qui il avait affaire et j'aurais aimé voir comment il s'en tirait. Quant à Sarah, elle ne la vit qu'un instant, pour la raison que ne pouvant répondre ni de l'une ni de l'autre, je renonçai à nous aventurer au-delà de brèves présentations par le moyen de reculades, atermoiements, visite à l'atelier de citrouilles de Mme Frobisher qui nous servit du thé et repoussa l'incertain face-à-face à quelques minutes du départ de Liliane, le réduisant en coup de vent, bonjour, au revoir, charmée de vous avoir connue. Elles devaient finir par s'apprécier davantage à l'automne suivant, dans d'incroyables circonstances, mais elles n'échangèrent qu'un long regard pour cette fois.

Quand je raccompagnai Liliane à son avion, le ciel se refermait sur nous, ajustant les mâchoires de tenailles bleu marine qui se courbaient vers l'horizon, confirmant les augures de Jack Burry, croisé un peu plus tôt et qui avait conseillé à la petite dame de s'envoler au plus vite, car ses douleurs aux genoux ne l'avaient jamais trompé.

« Je m'occupe des papiers... » murmura-t-elle en m'embrassant au pied de la passerelle, sous l'œil snob du commandant de bord. « N'empêche... je sais que c'est idiot, mais j'aimais bien cette idée que nous restions liés l'un à l'autre...

— Tu as raison... », lui répondis-je, lui soufflant un baiser que j'avais déposé sur la pointe de mes doigts. « C'est complètement idiot. »

Je flânai un peu sur le chemin du retour, longeai les quais déserts. Par l'un de ces étranges et charmants phénomènes qui sublimisent parfois la fin du jour dans les régions polaires, les derniers rayons du soleil fusèrent sous le ciel violacé et transpercèrent les nuages les plus bas, les illuminant comme des lampions. Tout ce qui se trouvait en dessous fut balayé par une lumière dorée. Tout ce qui se trouvait au-dessus s'ébroua dans un ravissant désordre. Lentement, une formidable armée se leva, partit à l'assaut de l'autre et dans la confusion des étendards qui se déployaient hardiment, on vit l'or, le noir, le vermillon, le bleu, le pourpre, le violine, enfoncer les rangs du voisin et rouler sur le sol comme des chiens enragés. Je les regardais se refléter sur le givre qui recouvrait les quais, sur les eaux noires de l'Hudson. À présent que je m'y étais décidé, le cadeau que je comptais offrir à Sarah me semblait plus léger que je ne l'avais supposé, beaucoup moins somptueux que je ne l'aurais désiré, au regard de cette longue année d'attente à laquelle je l'avais soumise. C'était comme s'il s'était dégonflé avec le temps, y avait perdu ses couleurs, sacrifié du poids. Je n'y pouvais plus grand-chose, évidemment, mais au lieu de courir vers elle, je marchais d'un pas tranquille, ralentissant même pour tendre l'oreille au hululement d'un harfang des neiges perché sur le toit des entrepôts. Sa mère était morte un mois après notre arrivée — enfin là, je n'y étais pour rien — sans m'avoir une seule fois adressé la parole. Ses frères lui avaient mené la vie dure. La ville entière s'était pincé le nez, lui reprochant cette odeur de soufre qu'elle traînait derrière elle avec ses aventures, ses deux maris et peut-être un troisième pour faire bonne mesure, encore que ce dernier se servît en avance et tardât fâcheusement à l'épouser.

Je savais très bien ce qu'elle avait enduré. Je savais aussi que le mariage n'était pas une chose à prendre à la légère. Je crois qu'au fond, tout bien pesé, je ne regrettais rien, n'était-ce cette impression que mon bouquet s'était terni. J'espérais qu'elle comprendrait au moins que je lui offrais ma main de bon cœur. J'envisageais de l'attirer au-dehors pour ma déclaration, afin de profiter des lueurs magnifiques qui pourraient bien tomber du ciel et illuminer mon sourire, quand Lester bondit de l'ombre, son fusil braqué sur mon ventre. J'eus beau regarder alentour, je ne vis personne.

« Treat or trick ?... » fis-je pour détendre l'atmosphère.

Pour toute réponse, il engagea une balle dans le canon. Il avait de nouveau sa tête des mauvais jours, bariolée par le soleil couchant.

« T'es tellement con que t'as pas pris cet avion !... grinça-t-il. Mais tu vas retourner chez toi à la nage...

— Écoute-moi, Lester... Le moment est venu d'avoir une petite conversation, tous les deux...

— Bande de salauds ! gémit-il. J'étais là avant vous ! J'ai été le premier à la serrer dans mes bras !...

— Très bien. Je te l'accorde. Mais que nous dit là-dessus le Tao Tê King... ? "La faveur pouvant être perdue est une source d'inquiétudes. La grandeur pouvant être ruinée est une source d'embarras." »

Loin de s'en trouver apaisé, son air devint hyper-haineux.

« Allez, saute ! »

J'amorçai un pas en direction du quai, de peur qu'il ne m'abattît sur-le-champ.

« Dommage que tu sois pas retourné chez elle... ajouta-t-il en crachant dans l'eau. Je t'avais préparé une surprise...

— Lester, je vais quand même te dire une chose... Tu peux te débarrasser des ours, tu peux te débarrasser de moi, tu peux te débarrasser de tout ce qui te gêne... mais tu n'obtiendras jamais ce que tu désires. Et je ne te parle pas simplement de Sarah. Car comme toutes les brutes, tu es un imbécile. Et l'imbécile présume toujours de ses forces... »

À ce moment-là, Higgins le percuta de tout son poids. Propulsé dans ma direction, je l'accueillis par un croc-en-jambe. Il exécuta un demi-soleil au ras de l'horizon chatoyant, puis disparut avec son râle épouvantable dans la noirceur des eaux glacées.

Nous attendîmes un instant pour voir s'il remontait. D'après Higgins, c'était moins douloureux que pour un homard qu'on plongeait dans l'eau bouillante, mais le résultat était le même. Nous observâmes une minute de silence, les yeux fixés sur une famille de lemmings qui nageait vers le quai, venant se mettre au sec avant la tombée de la nuit.

Chemin faisant, il me confia qu'il était désolé d'avoir loupé le départ de Liliane, puis s'inquiéta des chances qu'il aurait de la revoir. Je ne lui promis rien. Malgré tout, je devais satisfaire son envie quelques mois plus tard, sur ma foi m'y étant engagé s'il acceptait de quitter son labo de Syracuse pour assister à notre mariage. Mais, pour l'heure, il tâchait de m'arracher les vers du nez, voulait savoir si l'argent comptait beaucoup pour elle, si elle m'avait parlé de lui, si elle aimait la campagne, les balades à vélo, si elle connaissait les concerts Maverick et les Adirondacks.

Rendus à l'entrée de la rue principale, au plus fort du couchant, nous faillîmes nous donner la main pour pénétrer le monde merveilleux qui s'offrait à nous. La chaussée semblait pavée d'or pur, les toits pulvérisés de sucre, les façades rubescentes plaquées de bois précieux, les fenêtres habitées de papillons jaunes et le reste poudré de curry, de chocolat, de safran, ou dégoulinant de miel, de vernis, de gelée, de confiture dont les pépins auraient été des étoiles, les coulées des perles et des diamants. Seules de véritables citrouilles grimaçaient aux portes. Higgins transvasa une poignée de bonbons dans ma poche pour le cas où nous serions assaillis. Mais la rue était calme, les enfants devaient se déguiser. Higgins était persuadé qu'il y aurait une espèce de trêve pour le soir d'Halloween. Les gens souriaient dans les magasins. Leur ville était toute mignonne et pimpante. Leurs porches étaient éclairés, leurs citrouilles illuminées. Peut-être le mauvais temps reviendrait-il demain, il y avait même de fortes chances, mais enfin, cette nuit-là leur serait épargnée. Les ours ne s'approcheraient pas par temps clair. Et puis, de toute façon, le centre serait bouclé.

« Oh, bien sûr, ils ont un peu honte de ce qui est arrivé... » déclara Higgins, comme nous arpentions la grand-rue. « Mais d'un autre côté, ils en sont satisfaits. C'est ce qui donne cet air particulier aux honnêtes gens : on ne sait jamais s'ils reviennent des chiottes ou s'ils ont envie d'y aller... »

Nous nous assîmes un moment en face de chez Sarah. La fenêtre de sa chambre était éclairée, au premier étage, et il en tombait un rayon invisible qui nous électrisait tous les deux, nous tenait sous un halo de tension concupiscente au sujet duquel nous eûmes un dialogue silencieux, nous observant l'un et l'autre. Après quoi, nous restâmes à un cheveu de nous sourire.

« Ce n'est pas comme dans le métro, dit-il. Rien ne m'oblige à laisser ma place...

— Je voyage toujours debout, ne t'en fais pas pour moi... »

Il se caressa distraitement la barbe, en hochant la tête.

« Tu sais, j'ai parfois l'impression que mes chances sont toujours intactes...

— Bien sûr... mais c'est un mirage. Il m'arrive d'avoir ce genre d'hallucination avec Liliane, quand je me sens très fatigué...

— Ouais... Et si ce n'était pas un mirage ?... »

Au même instant, la fenêtre de Sarah s'ouvrit à toute volée et elle apparut au balcon, toujours aussi belle, mais poussant de drôles de cris.

Higgins et moi nous redressâmes comme un seul homme.

« Nom de Dieu ! Mais que se passe-t-il ? ? !...

— AAAAAAAARRGH... ! Il y a un ours dans la maison ! !... »

Nous l'avions oublié, celui-là. J'échangeai avec Higgins un furtif haussement de sourcils.

« Tout va bien, ma chérie !... C'est moi qui l'y ai mis !...

— COMMENT ÇA ? !... rugit-elle tout en enjambant la balustrade. MAIS IL EST EN TRAIN D'ENFONCER LA PORTE DE LA CHAMBRE ! ! !... »

Une seconde, je restai glacé d'effroi, fixai une petite bulle qui s'échappait de la vase et remontait à la surface de la baie d'Hudson. Puis je traversai la rue sur les talons d'Higgins.

Sarah s'apprêtait à sauter. Nous nous campâmes tous deux sous sa fenêtre, les bras tendus, recherchant la meilleure position de nos jambes. Lui et moi savions qu'il était trop tard pour les discours, trop tard pour ajouter quoi que ce soit, elle n'était plus en état d'écouter. Déjà, on se pressait autour de nous, conseillant à Sarah d'y aller. Ah ! comme ils se font attendre, les cadeaux que nous envoie le Ciel !... Aussi bien eus-je le temps de lancer un coup d'œil à Higgins.

« Alors quoi..., lui grognai-je au nez. Est-ce que tu veux parier ?... »

Florence, le 26 novembre 1991

DU MÊME AUTEUR

Aux Éditions Gallimard

SOTOS, *roman*, 1993 (Folio, n° 2708).

ASSASSINS, *roman*, 1994 (Folio, n° 2845).

CRIMINELS, *roman*, 1996 (Folio, n° 3135).

SAINTE-BOB, *roman*, 1998 (Folio, n° 3324).

VERS CHEZ LES BLANCS, *roman*, 2000 (Folio, n° 3574).

ÇA, C'EST UN BAISER, *roman*, 2002 (Folio, n° 4027).

FRICTIONS, *roman*, 2003 (Folio, n° 4178).

IMPURETÉS, *roman*, 2005 (Folio, n° 4400).

MISE EN BOUCHE, *récit*, 2008 (Folio, n° 4758).

IMPARDONNABLES, *roman*, 2009 (Folio, n° 5075).

INCIDENCES, *roman*, 2010 (Folio, n° 5303).

VENGEANCES, *roman*, 2011.

Aux Éditions Futuropolis

LORSQUE LOU, 2008. *Illustrations de Miles Hyman.* (Repris sans illustrations en Folio n° 5427).

MISE EN BOUCHE, avec Jean-Philippe Peyraud, 2008.

LUI, avec Jean-Philippe Peyraud, 2010.

Aux Éditions Bernard Barrault

50 CONTRE 1, *histoires*, 1981.

BLEU COMME L'ENFER, *roman*, 1983.

ZONE ÉROGÈNE, *roman*, 1984.

37°2 LE MATIN, *roman*, 1985.

MAUDIT MANÈGE, *roman*, 1986.

ÉCHINE, *roman*, 1988.

CROCODILES, *histoires*, 1989.

LENT DEHORS, *roman*, 1991 (Folio nº 2437).

Chez d'autres éditeurs

BRAM VAN VELDE, *Éditions Flohic*, 1993.

ENTRE NOUS SOIT DIT : CONVERSATIONS AVEC JEAN-LOUIS EZINE, *Presses Pocket*, 1996.

PHILIPPE DJIAN REVISITÉ, *Éditions Flohic*, 2000.

ARDOISE, *Julliard*, 2002.

DOGGY BAG, saison 1, *Julliard*, 2005.

DOGGY BAG, saison 2, *Julliard*, 2006.

DOGGY BAG, saison 3, *Julliard*, 2006.

DOGGY BAG, saison 4, *Julliard*, 2007.

DOGGY BAG, saison 5, *Julliard*, 2007.

DOGGY BAG, saison 6, *Julliard*, 2008.

Composition Nord Compo
Impression Novoprint
à Barcelone, le 15 mai 2012
Dépôt légal : mai 2012

ISBN 978-2-07-044763-3./Imprimé en Espagne.

242082